CONTOS DE PSICANÁLISE

© As autoras e os autores

Editores
Denise Nunes
Lívia Araújo
Flávio Ilha

Preparação de texto
Flávio Ilha

Projeto gráfico, editoração e capa
Studio I

Revisão
Press Revisão

Grafia atualizada segundo o Acordo Ortográfico da Língua Portuguesa de 1990, que entrou em vigor em 2009

Esta é uma obra de ficção, qualquer semelhança com fatos e nomes é mera casualidade

Dados Internacionais de Catalogação na Publicação (CIP) de acordo com ISBD

C763	Contos de psicanálise / Alejandra Ruíz Lladó ... [et al.] ; organizado por Manoel Madeira, Lucia Serrano Pereira. - Porto Alegre, RS : Diadorim Editora, 2020. 172 p. ; 15cm x 20cm. ISBN: 978-65-990234-4-6 1. Literatura brasileira. 2. Contos. I. Lladó, Alejandra Ruíz. II. Kumpinski, Alexandre. III. Costa, Ana. IV. Baldi, Cristiano. V. Mizoguchi, Danichi Hausen. VI. Breda, Fernanda. VII. Falero, José. VIII. Pereira, Lucia Serrano. IX. Mattuella, Luciano. X. Fischer, Luís Augusto. XI. Madeira, Manoel. XII. Corso, Mário. XIII. Polesso, Natalia Borges. XIV. Gleich, Paulo. XV. Souza, Priscilla Machado de. XVI. Onhmacht, Taiasmin. XVII. Título.
2020-2436	CDD 869.8992301 CDU 821.134.3(81)-34

Elaborado por Vagner Rodolfo da Silva - CRB-8/9410
Índice para catálogo sistemático:
1. Literatura brasileira : Contos 869.8992301
2. Literatura brasileira : Contos 821.134.3(81)-34

Todos os direitos desta edição reservados à

www.diadorimeditora.com.br

SUMÁRIO

Roteiro para o fim de uma amizade
NATALIA BORGES POLESSO   9

Máscaras
MANOEL MADEIRA   17

Com a palavra, o psicopata
JOSÉ FALERO   37

Entre olhares e telas
TAIASMIN OHNMACHT   45

A mãe da ariranha
CRISTIANO BALDI   53

Tanto
DANICHI HAUSEN MIZOGUCHI   65

A distância
PAULO GLEICH   77

A persiana
PRISCILLA MACHADO DE SOUZA   87

Esse
ANA COSTA   105

Sessão
LUÍS AUGUSTO FISCHER   115

O espelho interior
ALEJANDRA RUÍZ LLADÓ   121

Flutuante
ALEXANDRE KUMPINSKI   129

Koroneik
FERNANDA PEREIRA BREDA   135

Spoiler
LUCIANO MATTUELLA   143

Chez Lacan
LUCIA SERRANO PEREIRA   151

O caso do Professor
MÁRIO CORSO   159

CONTOS DE PSICANÁLISE

Organizadores
Manoel Madeira
Lucia Serrano Pereira

Natalia Borges Polesso é doutora em Teoria da Literatura, escritora e tradutora. Publicou *Recortes para álbum de fotografia sem gente* (2013), *Amora* (2015), *Controle* (2019) e *Corpos secos* (2020), entre outros

NATALIA BORGES POLESSO
Roteiro para o fim de uma amizade

SEQ. 1 – INT. SALA / DIA
Num plano aberto, fixo [e astral], vemos o poeta e psicanalista Marco de Menezes e a escritora e analisada Natalia Borges Polesso. Eles estão um de frente para o outro, sentados em poltronas *Egg* Arne Jacobsen, de couro, cor telha envelhecida. Pode-se perceber que as poltronas estão gastas, bem como as nossas personagens. Entre eles e bem no centro da sala sóbria de paredes cor gelo, sem quadros ou prateleiras, três pilhas de livros com capas bastante coloridas e diversas, bem niveladas, fazem as vezes de uma mesa de centro. Sobre a mesa, há apenas um copo. Meio cheio. Alguns diriam meio vazio. Ambos usam máscaras pretas caseiras de tecido.

NATALIA

Oi, Marco, tu parece chocado em me ver. Eu vi na tua cara quando tu abriu a porta. Eu pensei muito sobre vir aqui, tá? Não é nada gratuito. Pensei se valia quebrar algumas coisas pra tá aqui. Eu vou te explicar. É que ontem eu cometi um ato falho terrível. Terrível! Eu não sei como... eu... Uma coisa dessas que a gente faz e depois ela fica latejando dentro, sabe? Como se fosse uma veia entupida. Ali. Voltando e voltando pro centro do pensamento, tomando todos os espaços e a nossa atenção. Pá. Ali. Não importa o que a gente faça. Sabe que eu cheguei a cantar pra ver se borrava a ideia? Tipo, um chiste, sabe? É chiste, né? Quando vi tava falando por cima do pensamento, se isso é possível. Aí me dei conta da gravidade.

[Há um silêncio de aproximadamente dois minutos. Marco olha fixamente para Natalia, enquanto os olhos dela passeiam pela sala e se fixam em um ponto descascado da poltrona em que ela mexe com a unha, até voltar a olhar Marco diretamente nos olhos.]

É que eu disse "meu psiquiatra", quando, na verdade, queria dizer "meu amigo psiquiatra". Eu estava falando de ti, é claro. Veja, eu sei que não é essa a relação que temos, não é assim que dividimos as viandas de tortei e maionese caseira, os longos áudios sobre poetas desconhecidas, as biografias mentirosas de escritores falecidos e os detalhes inexistentes de obras literárias para verificar se a leitura foi atenta. Eu sei! E as consultas de telemedicina tu já me prestava antes da pandemia, mas essas são só para os meus queixumes físicos. Eu te procurei por outra coisa. E tu até já sabe o que é. Aquela mania, aquele problema, sabe do que eu estou falando, né? Não sei direito como me referir. É que, falando disso agora, já começo a salivar, fico com muita vontade. Tu acha que é estranho? Eu não acho. Quer dizer, eu não achava que era um problema até uma amiga apontar o quão estranho era que eu comesse gelo como se fosse um petisco. Eu te contei, lembra? Não, e pior! Ela me disse assim: *Como se fosse algo corriqueiro, enfiar a mão num baldinho imundo de gelo, Natalia, cheio de garrafas, retirar uma pedra, e enfiar na boca pra chupar e morder. Como se fosse normal, esvaziar a forminha de gelo num pratinho, e comer, como se fosse petisco, Natalia.* Até ela me dizer isso, eu não tinha problema. Chegava um momento do dia em que eu me via recorrer ao freezer, esvaziar as forminhas num *bowl* e pronto. Depois disso eu comecei a ficar com vergonha. Passei a fazer escondida. E nos bares, eu aproveitava quando não estavam olhando para retirar uma pedra do balde. Ou eu pedia gelo extra. A Lídia, dona d'Obar, sabe? Ela já mandava pôr gelo extra no meu *aperol spritz*. Mas aí, Marco, eu fui procurar sobre, né? Essas coisas que a gente faz: joga no Google. De modo que uma dor de cabeça sempre será um tumor e uma mancha de chocolate no pescoço, porque tu tava comendo deitada na cama, e que tu não lavou direito, porque não tomou banho, afinal, estamos vivendo uma pandemia, é o fim do mundo, a mancha vira um câncer na busca por imagens. Bom, nesta busca, eu vi o nome implacavelmente irônico, seguido da tua confirmação telefônica: é mesmo uma pica. *Pagofagia*, me disse um outro doutorzinho. E é aí que tu entra. Te explico. É que ontem, depois de um evento desses que estão acontecendo remotamente, continuamos no zoom para um boteco-virtual. À mesa, tinha o Marco, outro Marco. É claro que tu sabe que não era tu, não poderia ser tu, né? Ele é o namorado de uma amiga. É psicólogo. E confirmou a variante da pica. Eu já não me sinto confortável, tu sabe, na vida, né?, e com esse nome, tudo piorou. Quem é que tem um transtorno de pica? Não. Deixa eu refrasear, Marco, qual é a lésbica que se preze que tem um transtorno de pica? Uma lésbica fajuta, talvez? Eu, eu mesma, eu, Natalia Borges Polesso, eu não posso ter esse transtorno, Marco. É absurdo! Talvez, em circunstâncias de "normalidade", eu pudesse lidar com isso. Quiçá rir! Eu não sei! E tu sabe! Eu rio de tudo! Eu sou brilhante nessa capacidade de autoironizar. É que eu tô tão cansada. Pode ser isso. Mas juro que me incomoda imensamente essa pica, de um jeito que não tá normal! Sim, nada tá normal. Ai, eu sei, eu sei que vem do latim e que significa outra coisa que não essa na minha cabeça agora. Mesmo porque eu chupo gelo. Pode rir. Pensou que eu ia dizer grelo, né?

[Marco não esboça qualquer intenção de riso.]

Era a intenção.

[Natalia ri demasiadamente e começa a se explicar até o riso se extinguir]

Levar a pensar isso, esse *jeu de mots*, esses enganos maravilhosos que cometemos.

[Natalia volta a ficar séria]

Sei o que é pica. Sei me comportar. Sei que posso pensar em outras coisas. Mas na hora em que a bebida chega à mesa, o meu copo sempre com gelo e nunca com limão, antes que o garçom sirva o líquido no copo, eu pego uma pedra e enfio na boca, triturando logo com os dentes e engolindo tudo sem o menor sinal de retração de gengiva. Engolia, né? Triturava. Agora não passo mais por isso publicamente, né? O novo normal. Estamos confinadas e respeitando o distanciamento social. Aliás, Marco, eu só marquei aqui porque é realmente uma urgência.

[Marco torce a boca e inspira, coloca as duas mãos sobre os joelhos, tamborilando os dedos e fazendo cara de quem não concorda com o que foi dito, mas não fala nada.]

Eu sei. Eu sei o que tu vai dizer. Eu não deveria ter marcado uma consulta, ainda mais com outro nome. Mas se eu dissesse que era eu, tu, por acaso, me atenderia?

[Marco torce a boca e inspira, fazendo cara de quem não concorda com o que foi dito, mas não fala nada.]

Claro que não. Mas Marco, sabe essas lives, né? Elas estão acabando com a gente. Lives, encontros virtuais, clubes de leitura, palestras, vídeos. Tu não imagina a quantidade de vídeos que eu tenho que gravar! Com os podcasts eu não me importo, eu até prefiro. Sabe o que acontece quando eu não posso, não lembro ou não consigo desligar o microfone e a câmera por alguns segundos? Pois acontece que eu não posso me controlar. Esses gelos que têm um furo no meio são os melhores, sabe, Marco, eles são os mais tenros. São perfeitos, porque não são duros, e se quebram facilmente. Se tu deixa um pouco no copo ou mesmo se deixar derreter num pratinho, ficam porosos. É uma delícia. E eu simplesmente não consigo resistir. Não consigo. E eu tenho muito autocontrole, Marco. Mas daí, o outro Marco me olhou, até então eu não sabia que ele era psicólogo, olhei pro recorte de onde ele falava, sabe como ficamos dispostos nesses programas, né? Enquadrados. Bom, eu olhei pra ele com o caroço na bochecha, antes de engolir, e ele me disse: *pagofagia*. Eu revidei sem pensar: pica! Como se, com a brincadeira, pudesse amenizar a minha vergonha de ter sido pega. E ele: *variante*, acaso *come unha, areia, terra?* E eu: *mas o que é isso, um inquisitório? sal grosso*. E ele: *Não, não, sal grosso é só um problema de rim mesmo que pode dar. O resto é pica, mas gelo, tranquilo, inofensivo para dentes bons*. Foi então que eu disse "o meu psiquiatra". Mas eu queria dizer "o meu amigo psiquiatra", entende? Foi aí que o problema começou e eu só fui me dar conta daquilo à noite, no meio da noite, com a cabeça intranquila sob o travesseiro. Às vezes eu durmo assim, na verdade, eu até prefiro, um travesseiro embaixo, um travesseiro em cima. E a posição é contabilizada pela importância da cabeça. E a minha cabeça estava escondida quando eu lembrei que tinha dito "o meu psiquiatra disse que é pica". O Marco, o outro Marco, quero dizer, enviesou a cabeça dele e me olhou com aqueles olhos-arapuca que só os analistas da psique têm, aqueles olhos me dão pavor, Marco, enfiando aqueles globos nas minhas órbitas quase. Vocês aprendem isso em que módulo do curso?

[Natalia ri demasiadamente. E para de súbito.]

Mas, enfim, ele disse: *acho que não é bem pica*. Agora, Marco, parece que estou sem a pica e, talvez por isso, eu tenha ficado acordada, talvez por isso, ao pôr a cabeça no travesseiro, tenha pensado "o meu psiquiatra", deixando de lado toda a nossa amizade, todos os anos em que construímos nossa sólida relação, desde os encontros pelas ruas, os cumprimentos desajeitados, os processos de edição, os encontros familiares, enterrando-a nesse acontecimento. É terrível, Marco! Percebe? Por isso te chamei aqui. Neste ambiente neutro e seguro. E novo pra nós dois. Desculpa ter omitido meu nome, desculpa ter falsificado a minha própria voz. A única coisa que quero agora é deixar explícito contigo se tenho ou não um transtorno e se, em tendo, é de fato uma pica. E se é uma pica, isso é comum? Como resolvemos? Eu fico com ela ou suspendo? Devo me preocupar? Eu não sei. Eu não consigo parar de pensar nisso fixamente.

[Marco olha para Natalia por cima dos óculos, respira fundo, retira os óculos e estala a língua. Depois de um minuto de silêncio em que Marco passa limpando as lentes, ele recoloca os óculos e se recosta na cadeira sem dizer nada.]

Não é que eu queira ter um transtorno de pica, eu sei que tu tá pensando isso. Eu sei que tu acha que eu sou hipocondríaca e eu sou. A essa altura do campeonato de várzea que vivemos, eu nem me importo mais com contradições. Acho até que elas operam um certo nível de interesse, especialmente para nossas personas virtuais. Entende o que eu digo? Eu acho que as contradições criam camadas divertidas e intrigantes. Em outras palavras, dão o que falar. Literalmente. Mas não é isso. Eu não quero ter ou não ter um transtorno de pica. Eu quero saber se tenho e como eu devo abordá-lo. *Is it a thing?* Sabe? De verdade. Não é que eu queira explorar um problema que tenho publicamente. Longe de mim! Credo! Mas tu entende que eu sou uma... uma

[Natalia hesita. Rola os olhos para um lado e para o outro como se tivesse vergonha de dizer as palavras.]

MARCO

Uma pessoa que tem uma vida pública?

NATALIA

É tu que tá dizendo! Eu não sei se esse é o termo adequado. O público é pessoal. Tudo é político, tu sabe, pra mim isso é extremamente importante e é justamente por isso que eu não quero tratar esse problema levianamente. Quer dizer, é um problema? Tu pode me dar um diagnóstico? Um remédio? Uma terapia? Uma prática? De quanto em quanto tempo temos que nos ver pra resolver isso, se possível. Acho que vamos acabar nos vendo bem mais assim, por causa de uma pica. Ai, Marco, olha onde a gente foi parar, que coisa mais ridícula pra ti e pra mim.

[Marco, com os lábios apertados por detrás da máscara, balança a cabeça para cima e para baixo.]

É, eu também acho. Bom, mas eu vim aqui também para dizer que, considerando todas as coisas, não podemos mais ser amigos,

Marco, entende? Nossa relação acabou naquela falha. Tu tá entendendo onde eu quero chegar?

[Marco ajeita os óculos e ergue os ombros, deixando-os desabar em seguida, expressando derrota.]

Então é isso. Daqui pra frente é "o meu psiquiatra". Sem amigo. Que bom que tu entende. Eu trouxe aqui uns livros que tu me emprestou tem um tempão, pra não ficarmos com esses rabichos de coisas pra resolver, né? Os meus tu pode devolver na próxima sessão. Quinta-feira, mesmo horário?

[Marco retira a máscara, pega o copo meio cheio ou meio vazio e toma o líquido, deixando apenas as pedras de gelo já meio derretidas no copo, que Natalia, rapidamente, vira boca adentro.]

FADE TO BLACK

[barulhos de gelo sendo mastigados]

Manoel Madeira é psicólogo e psicanalista. Mestre e Doutor em Psicanálise e Psicopatologia pela Université Paris Diderot, Sorbonne Paris Cité, onde lecionou entre 2013 e 2015, é autor do romance *Ausentes* (2018)

Manoel Madeira
Máscaras

6 de fevereiro, quinta-feira.

Caminhava pela avenida flertando com a desistência. Era só dar meia-volta e as costas pro caminho. Mas hesitava envergonhado desse movimento, dos olhares dos pedestres. Olha esse estabanado! Tu tá perdido, véio? Não conhece a Osvaldo Aranha? Ao me virar, por pouco não esbarraria em alguém vindo no sentido oposto que me lançaria num átimo passante sua mirada de reprovação. Na minha cabeça, uma mulher. Tu tá na contramão de ti, me dizem seus olhos em palavras quase-escutáveis. Meus ouvidos brigavam com as pernas. Ansiava fugir. Poderia dobrar numa daquelas ruas perpendiculares desertas, dar a volta na quadra e retomar a avenida em sentido contrário. Ou simplesmente parar numa loja, fingir pesquisas e, na saída, pegar a direção do retorno. Era isso. Havia marcado a consulta na clínica por telefone e informei um número de celular falso. Eles nem conseguiriam me contatar pedindo explicações.

Entrei num bar sujo e pedi café. O homem atrás do balcão era bruto, não exatamente forte. Cinquenta e cinco anos castigados, eu chutava. Branco, um pouco corcunda, contraído. Parecia hipertrofiado em si mesmo, em suas ideias. Olhava pros passantes com ares ressentidos e raivosos. O café estava morno, tomei num trago. "Pode pagar pra mim mesmo", me disse. Fez uma careta ao receber o dinheiro. Como se dissesse — essa mixaria que tu pagou não serve pra nada. Fico juntando esses trocados imundos que mal pagam as contas dessa porra de bar e continuo nessa merda de vida. "Obrigado", respondo. Ele vira as costas em silêncio agressivo.

À soleira do bar, abro a mochila pra guardar o telefone. Vejo meus tênis parados já invadindo novamente as pedras da avenida. Levanto os olhos — a clínica a uns cinquenta metros de distância. Ainda era tempo, faltavam três minutos. 7h57. Suspiro. Carrancudo, um cara vem pela calçada. "Com licença", diz apressado, já passando, com a mão em meu ombro, me empurrando ligeiramente. O homem do balcão lhe faz um sorriso e vira de costas. "Bá! O bicho pegou ontem! Cês escaparam!", grita sem mirá-lo. Do encontro de duas carrancas se fez simpática moleza. O cara responde, "Tu tá louco! Vocês que escaparam! Tomaram bola no travessão no último minuto". O homem se vira com o café, "Meu, o jogo foi um chocolate!". "Chocolate?", diz o cara surpreso, já misturando o açúcar no café que não precisara pedir. "Nunca vi chocolate em empate!" Volto ao celular. 7h58. Eu caminho em direção à clínica.

O prédio feio. As escadas largas, de pedras frias. Um desses lugares de atendimento psicológico a baixo custo. Sento na sala de espera. Instantes depois, "Emiliano?", me pergunta. "Eu sou o Gustavo." Era alto, tinha barba, negro, cabelo curto. Parecia forte. "Vamos lá?" Eu branco, ele negro. Caminhei até a sala nessa aura. Pensei em fazer algum comentário inicial, mostrar que sou desconstruído. Quem sabe alguma referência a Conceição Evaristo, Fanon ou Chimamanda. Seria ridículo. A verdade é que fui tomado de certa estranheza. Era desconfortável me confessar a um negro. Seria bom profissional? Os negros têm particularidades estranhas — são, de repente, bélicos e desbaratados. São inconstantes e desconfiados. Ser amigo, de boa. Mas psicólogo? Era próximo demais. Eu me via racista e já me florescia o ódio de mim antes mesmo de começar a falar.

Como se começa? Emiliano, 27 anos. Vou dizer mais e desabo a chorar. Choro muito. Inesperado, aos soluços, incontrolável. Não sabia ao certo o que me levava até lá. Era a vida desencontro, angústia e desespero. Atraso — atraso! De ser o quê? Alguma outra coisa. A vida morrendo. Vou arremessando frases. Angústias. Meu pai tem uma bandeira do Brasil na janela. Perdeu o senso. Tem paredes na pele. É impenetrável. Acredita em absurdos. Parece capturado em modo agressivo, identificado em espelho com um bicho raivoso impregnado de guerra. Meu pai foi sequestrado por outra identidade, deixou-se capturar. Eu sei que, no fundo, ele não é assim. Deve ter sido algum amigo, aquele grupo tosco do futebol, os corretores de imóveis decadentes e falsamente arrumados com quem anda. Mas a essência dele é outra.

Hoje em dia, fica muito em casa. Quando mais novo, batalhava uma venda, ganhava o dinheiro, deixava um pouco com a gente e desaparecia por dois, três meses. Minha mãe aguentava, muito passiva. Nós dois nos bastávamos. Até que ela conheceu o Roger e se separaram. O pai sempre me passou falsidade. Era mentiroso. O carro dele era um asco por dentro. Cheio de lixos, farelos, restos de comida — até copo descartável de *fast food* tinha. Uma vez, sentado atrás, eu vi uma camisinha suja debaixo do banco dele.

O pai sempre queria empurrar pras pessoas algum negócio. E desarvorava em falatórios exaustivos. Tão diferente da carranca e da rispidez habituais. Se tornava, de repente, educado, risonho e grudento. Em conversa de vendedor, o dinheiro — a única coisa que importa — é posto à frente, mas por trás. Como um protagonista em segundo plano. Esse apartamento pertence à outra gama de produtos da imobiliária, dizia arrastando a palavra *outra*. Claro, é muito importante dar esse conforto aos filhos. Sim, evidente: no caso de vocês, são necessárias duas vagas na garagem. Ao lado do shopping Lindoia, no coração da cidade. Aliás, nunca vi uma cidade com tantos corações. Tão diversos na cidade, tão raros no peito.

Era como se sempre dissesse — você, um diferenciado. Reconheço em você um poderoso vencedor. Humilde, claro. E alguns clientes caíam nessa vaidade infantil. Nesse ingênuo jogo de empolação que se esvaía de seu sorriso, de seu corpo, tão logo a conversa terminava. "Pai, se esse apartamento é tão bom, por que tu mesmo não compra?", eu, criança, perguntava quando ele desligava o telefone enfadado. Ele ria da minha piada que, no fundo, não era. Era pergunta de verdade. Eu não entendia bem aquela risada dele, mas acompanhava seu riso. Fingia que ríamos juntos em cumplicidade de pai e filho. Era bom. Ele raramente ria de algo que eu falava. Por isso, sempre que dava, eu repetia a pergunta.

Silêncio. O choro havia cessado. Esperei a primeira análise do Gustavo.

— Hum, grunhiu.

Por causa do Roger, o pai entrou numa de vítima. Desse mundo pervertido lá fora. Enquanto ele, tão correto. A mãe me conta que, enquanto casados, ele já nem cuidava mais pra escamotear traições. Trocava o nome dela sem mais embaraços ou conversava com outras ao telefone em sua presença. O Roger surgiu manso, de boa. Amigo de uma amiga. Professor de Educação Física, o contrário do pai. Gosta de ir na feira, de comer saudável. Minha mãe fumava quando se conheceram. Era acabrunhada e sedentária. Pouco viva. Hoje se ilumina com ele. Roger não é alto, mas tem coluna reta. Passo firme e retilíneo quando caminha. Usa sempre tênis e bermuda. Meu pai, aquelas camisas, gravatas com prendedor de metal quase no pescoço. Ele queria ser chique — só que não. Tem algo que não colava, quedava desajustado. Pareciam roupas que comprava em pequenas lojas que definham. O defunto era maior, eu ouvi de um colega dele. Comecei a rir. Ele ficou puto. Não era bem isso, mas era verdade.

— Tu fala como se fosse no passado, disse Gustavo.

Há muitos anos não nos vemos. Cinco ou seis. O que sei do pai vem do chorume que ele posta no Facebook. E por algumas notícias esparsas que a mãe fica sabendo. Conheço o apartamento onde ele mora. Uma quitinete, na Demétrio Ribeiro. Às vezes, passo e vejo a bandeira ainda amarrada à janela. Um dia ele colocou suspensório, foi ridículo. Deu branco. Pensei em dizer que parecia ator pornô de quinta categoria, mas calei.

— Suspensório?

Lembrei de quando saí com um cara. Era arrumado, alinhado, bom perfume. Fui pra casa dele. Quando tirou as calças, vi que ele usava um suspensório cinta-liga. Uma tira envolvendo cada coxa — os músculos bem marcados —, e outras que subiam se prendendo à camisa, tensionando-a pra baixo. Eu nunca tinha visto. De pronto, me pareceu feminino. A verdade é que fiquei muito excitado. E estranhei: não gosto de homem feminino.

— Vamos parar aqui, disse Gustavo.

12 de fevereiro, quarta-feira.

Saí da primeira sessão atordoado. Vontade de escrever o que havia dito, o que estava pensando. Como contei tanta coisa pra um estranho? Estava perdido. Quis caminhar, mas decidi pegar o ônibus. Celular em modo avião, escrevo algumas notas. O que me vem à cabeça, como Gustavo dissera. Quando volto os olhos à avenida, o ônibus está cruzando a Lucas de Oliveira em direção à Carlos Gomes. No sentido contrário ao de casa. Desço mais aturdido ainda. Agora com raiva. Caminho pelo Petrópolis, suas ruas vazias. Tudo ali parece calmo, aposentado. Como se não precisássemos trabalhar, não houvesse pressa. Pudéssemos sentar numa praça, tecer conversas ocas, ler, escrever um diário. A manhã se arrastava, era quase-cedo. Belos carros saíam aqui e ali dos prédios. Os cabelos cheirosos e umedecidos por trás da película escura dos vidros. Duchas quentes, aquecimento a gás.

Quando eu era pequeno, havia certa modorra. Eu passava tardes sozinho em casa. E mesmo quando a mãe estava, era parado, sonolento, meio-morto. Me afundei em literaturas. Em brincadeiras solitárias de heróis superpotentes. Em campeonatos individuais de futebol de botão, cujas tabelas mostrava pro pai quando ele resolvia voltar pra casa. Se esse guri sabe a diferença entre mata-mata e pontos corridos é porque deve ser macho.

Amanhã é a segunda consulta. Às vezes, ainda penso em não ir. Gustavo não me disse nada. Nada de mais. Não sei se ele é bom. Mas parece tranquilo no que está fazendo. Com ele, transbordei em palavras. Como é que contei pra ele do cara da cinta-liga? Pelo amor de Deus, Emiliano, cala a tua boca! Não sei se acredito, se me leva a algum lugar esse palavrório. Foi um desafogo, é verdade. Foi violento, fiquei transtornado. Me fez mal? Me fez alguma coisa.

13 de fevereiro, quinta-feira.

Acordei cedo, fiz café, torrada e me sentei pra pensar. Escrevi esquemas sobre mim. Preparei a sessão. Quando Gustavo se sentou à minha frente, eu já sabia como começar. Lembro que, de repente, ele me pareceu desinteressado, um pouco ausente.
Eu: Qual é o teu método?
Gustavo: Olha, trabalhamos aqui com a psicanálise.
Eu: E como funciona?
Gustavo: Tu vai aprender fazendo, disse com leveza.

Eu: Os psicólogos sempre respondem uma pergunta com outra pergunta...
Gustavo: Mas não foi uma pergunta, disse esboçando um pequeno sorriso.
Me senti envergonhado. Já na primeira sessão, havia uma sensação de burrice, como se as palavras saíssem sem eu controlar. Como se eu não conseguisse pensar direito, associar coisas profundas. Gustavo me transmite vertigem. Aquela sala, a janela, tem ares de precipício, não de proteção. Não de encontro de si. Eu quero saber quem eu sou. Mas, se não sabia antes, ali sei menos. E aquele diálogo curto avacalhou meu esquema. Entrei em deserto de ideias, até que fui assaltado por lembranças aleatórias brotando em falas.

Quando criança, vestia roupas da minha mãe. Meu pai ora achava graça, ora ficava constrangido e irritado. Mais velho, eu devia ter uns dez anos, coloquei uma calça dela fazendo a bainha. Era um mormaço, era janeiro. Tédio sufocante. O tempo, viscoso, grudento, não deslizava. Até ali, era só um sapato ou um chapéu. Naquele dia, surgiu uma vibração estranha, quase-estrangeira. Como se uma porta de dentro se abrisse. E quis me transformar inteiro. Pus salto alto, me maquiei. Vesti uma blusa colada que se desdobrou até o meio da coxa. Pus pra dentro, me conjuntei ante o espelho. E viva, ardentemente viva, apareci na sala. Encontrei meu pai em tênue diagonal, vendo televisão, o rosto escondido pela caneca de café. A mãe até ergueu as sobrancelhas, mas seus olhos eram vagos, quase como uma página em branco que a gente não consegue ler.

Meu pai levantou furioso, me empurrou. Num gesto brusco, me virou de costas pra ele. Me agarrou pelo cangote, me deu uma primeira joelhada na lombar, me arrastou até o banheiro sem que eu pudesse vê-lo. E botou minha cara na frente do espelho, abriu jorrantemente a torneira pra molhar a mão direita e esfregar meu rosto brutalmente, enquanto a esquerda permanecia violenta estrangulando minha nuca. Por vezes, descontrolado e sem dizer palavra, me dava joelhadas na bunda e batia com a minha cara no espelho, por onde eu via, de relance, partes do reflexo desfigurado de seu semblante queimando de ódio. Tirou-me toda a roupa. Quando nu, ele me grudou um tapa, à mão espalmada, do final do abdome magrelo ao meio do peito, deixando-a gravada em vermelho por horas. "Vai te vestir", disse apenas. Eu chorava em quase-silêncio. Só uns parcos gemidos escapavam do pescoço alucinadamente travado, contraído. O coração pulsando na jugular. Me tranquei no quarto de onde só saí muito, muito depois. Talvez até no outro dia. Pelo que lembro, minha mãe, na sala, se quedava ainda estática em sua poltrona.

14 de fevereiro, sexta-feira.

Ontem me vi criança. O mar deslizando calmo sobre a areia, envolvendo meus pés. Os olhos na imensidão do mar. Me viro. A praia deserta. Apenas um guarda-sol. Uma cadeira de praia. Minha mãe sentada. Seus olhos — seus olhos absortos. O piar de um pássaro. O silêncio. O ronco estrondoso do ônibus. Meus pés fincados nas pedras da Osvaldo. Me ponho a andar. O chão se movimenta nos meus olhos. Os retângulos se embaralham caóticos. Se misturam com o asfalto da rua. Paro. Tenho vertigem, náusea. Os rompantes das buzinas, os fragmentos desconexos das vozes que caminham. Ando e paro. E hesito. Naufrago no bar sujo. Em pé, barriga no balcão, pressiono seus vidros com as mãos. Tenho ódio nos olhos pousados sobre o homem. Vamos, bicha louca, fala o que tu quer, me diz sua mirada. Estanco diante dele. O que dizer?

Imagino puxar ele pela gola. Içá-lo por cima do balcão e moer seu corpo à porrada. Socar a cara de cima pra baixo como quem destroça dentes de alho com pilão. A bicha é muito maior e mais forte. Pode esmagar tua cabeça contra esse vidro imundo. Fazer tu limpar essa merda com a língua. E toda a vez que eu entrasse de novo, tu ia ser submisso como o condenado do Kafka. Ia lamber a sola do meu tênis, me tecer elogios e lamentar minha ausência por tanto tempo. "Sim?", ele fala. "Um café passado", respondo. Quando ele se vira, vou embora.

18 de fevereiro, terça-feira.

Te pedi pra adiantar a sessão pois fiquei pensando no que te contei. Não quero parecer a bichinha traumatizada. Até porque já baixei muita porrada. E ainda, se precisar. Principalmente quando eu me monto. Briga com uma travesti pra tu ver se ela não te arrebenta a cara. Já brigou com uma travesti? Não sou o veadinho frágil, fracote, que apanha. Desde o colégio, ando com uma faca na mochila. Se tu te meter comigo, é capaz de eu talhar tua cara toda. Dizendo isso, estanco. Gustavo permanecia silencioso me escutando. Os olhos firmes, intensos. Presentes. Havia algo bicho. Claro, não era contra ele. Mas eu dizia tu, tu, tu... Olho pela janela, há sol. Dentro do prédio feio, outros prédios feios à vista. Os carros passando por um vão entre eles. Volto os olhos pro Gustavo. Ele ainda me espera.

20 de fevereiro, quinta-feira.

Na verdade, eu não sei se já briguei montada. É que quando me monto, me sinto viva. Sinto que eu seria ainda mais agressivo, mais violento se brigasse. Mais cruel e perigoso. Quando eu brigava no colégio, era com socos. As mãos bem fechadas fazendo uma chapa com os nós ósseos, como martelos de bater carne. Achava que era briga de homem. De chapa. Os ossos arrebentando outros ossos. Era pra quebrar nariz, rachar queixo. Vestida de mulher, a briga é pontiaguda. Não vou ficar que nem imbecil, cozinheiro de bauru, dando marretada em bife. Eu quero furar olhos, enfiar faca em barriga. É mortal e sanguinário. De talho. Quero as tripas, as entranhas. Rasgar a carne alheia.

— O que te faz pensar a barriga?

Nos bostas do colégio rindo de mim. As barrigas deles arfando. As mãos nelas pousadas, teatrais. Imagino eviscerar aquelas barrigas como quem limpa frango no açougue. Fazer um corte no cu, enfiar a mão e puxar os intestinos todos. Ou lacerar diretamente os púberes e tenros abdomes à faca. Ainda não me decidi.

— Sim...

Aquele sim quase-escapado me fez voltar a mim e sentir vergonha. Claro que eu nunca vou fazer isso. Pareço psicopata falando. Mas é um monstro que me brota dentro. Quando se é gay, o mundo quer te esmagar. Te triturar aos pisões até que a tua carne vire guisado entalando e soltando das ranhuras das botas. É ódio ou desprezo no olhar das pessoas. Só se pode reagir com igual violência.

Mas, no fundo, ela vira violência estancada. É mais imaginação que realidade. Acho que sofro disso — de recolher fúrias. Sem saber quando será a gota d'água. Desculpa a sinceridade, mas talvez sejamos parecidos por tu ser negro. Tu já sentiu o mundo querendo te esmagar, não? Ele permaneceu em silêncio.

Às vezes, me brota na cabeça a imagem de um coturno me amassando. Pisando em mim como quem apaga um cigarro. Lá em cima, um rosto de homem neblinado. Em volta de nuvens, mas é certamente um homem. Só que esse cigarro tem carne. Tem sangue. Vão se estraçalhando os ossos que rompem a pele em fraturas superexpostas. Não posso ser eu esse homem que estilhaça ossos nas frestas das suas botas. Que espalha morte por onde pisa. Ao mesmo tempo, quero esmagar quem me esmaga e não saio desse curto-circuito. Como labirinto de apenas dois lugares possíveis. Ser mulher pra mim é estar terrivelmente viva.

Silêncio. Vertigem. Impressão de que, se Gustavo acabasse a sessão naquele momento, eu não conseguiria me levantar. Volto os olhos pra ele. Só queria saber de ti uma coisa: tu votou no Bolsonaro?

— Me fez pensar no rosto apagado da tua mãe, no rosto escondido do teu pai, respondeu Gustavo sem responder.

Quando mulher, me sinto viva. Queimando de viva. Desde a primeira roupa, o primeiro deslizar do creme sobre o rosto. O pincel na sobrancelha, o colorido nas pálpebras. Os cílios pavoneiam os olhos. O leque dos cílios, o cintilar dos cílios. O despertar da retina como se o mundo inteiro se transformasse e colorisse. Pra dentro, pra fora. Em tudo que vejo. Me montar é explodir em cores o concreto cinza do mundo. O concreto militar do mundo. Porque também não vou viver esmagado e querer me libertar transmutada em mulher discreta. Não. Eu quero fogos de artifício, bombas de harmônicas cores. E como dizem, borboletas pelo corpo inteiro.

É estranho. Mulher é vida em fogo. Mas também o pulsar da morte. Como se pra viver ela precisasse matar alguém. É um personagem — sou eu mesma. Não tem outro possível. Tudo é personagem. Sempre somos. Ser mulher é dar vida à minha mãe.

— Bom, nos vemos em março, disse Gustavo.

Estanco. Fiquei suspenso na minha última frase. A brisa da sessão se mantinha enquanto os pés se alternavam na avenida. Dar vida à minha mãe.

25 de fevereiro, terça-feira.

Carnaval. Cidade Baixa. Me montar. O corpo ardendo. De súbito, alguma tensão paira no ar. José do Patrocínio. Nas janelas, esparsas bandeiras nacionais. Em volta delas, olhos de rostos escondidos observam a multidão. "Fascista! Racista!". Grita-se da rua mirando o alto. "Menina ela mete medo, menina ela fecha a roda. Menina não tem saída, de cima, de banda ou de lado." A festa se torce lenta e embriagadamente. O clima Bolsonaro nos ventos, nos raios de luz. Do sol, dos postes quando anoitece. Imagino uma onda que se forma invisível por trás do céu e rebenta quebrando sua cortina arredondada, carregando violenta consigo todos os nossos corpos. "Desabar sobre os homens vai." A polícia irrompe. Estardalhaço. Tiros, coturnos, bombas de gás e patas de cavalo. Estranhos pavões incógnitos. As fuças veladas sob balaclavas, capacetes e grossos protetores.

2 de março, segunda-feira.

Ontem à noite, vi uma reportagem sobre o coronavírus que surgiu na China. A cidade vazia. O vírus se espalhando pelo mundo como onda mansa e irrefreável. Depois sonhei que todos eram obrigados a entrar no mar e permanecer imersos. No horizonte, um objeto estranho, imenso. Era um meio-círculo de metal, cor cobre, com pontos reluzentes em vermelho. Apesar do tamanho, mal podíamos vê-lo. Estava muito distante, seus contornos eram fluídos e lançava tiros em rajadas, como pequenos mísseis. As balas voavam rasantes pela superfície do mar podendo rasgar os corpos. Balas invisíveis por suas velocidades supersônicas. Ficávamos embaixo d'água. Sob a água, não havia tiros, as balas não se moviam. O perigo estava quando colocávamos a cabeça pra fora. Porém, o ar nos pulmões durava pouco, e me era necessário voltar à superfície. Então tentava observar o gigantesco objeto que nos atacava do horizonte. Mas eram parcos instantes, e a água incomodava, ardia nos olhos recém-abertos. Mergulha, caralho! E eu submergia de novo sem distingui-lo. Segurei o ar no peito até quase desmaiar. Tentei nadar pra lugares mais protegidos — não existia. Quando expirei, o corpo foi subindo imparável pelas águas. Quanto mais me aproximava da superfície, mais era nítido o zumbido das balas.

12 de março, quinta-feira.

Pela cidade, a expectativa da pandemia torna o ar espesso. Arrasta a respiração. Sento-me na sala de espera. Uma mulher abre a porta. Passa por mim e alcança outro espaço protegido dos olhos pela parede às minhas costas. "Oi, Gilberto. Vamos lá?", ouço ela dizer e estremeço. Gilberto é o nome do meu pai. Na próxima, posso fingir ir ao banheiro e ver quem é esse Gilberto. Nunca se sabe. "Nunca se sabe quem é o pai?", questionou Gustavo quando lhe contei. "Pois é. Tu e ele têm a mesma letra", digo.

Hoje, falei sobre esses dias, sobre o carnaval. "Quantas calcinhas tu baixou?", perguntava meu pai quando eu voltava das festas. Eu com quinze, dezesseis anos. Dessa vez, eu já tinha uns vinte. Ele ficou de me buscar numa festa do pessoal da faculdade. Eu e um amigo. Entro no carro, porco como sempre. Ele está bêbado, fedendo a uísque. Ele e um amigo. Falam de mulheres, de prostitutas, de coisas pouco compreensíveis. Pás de comentários e expressões racistas. Riem alto, se achando fodas e picudos. Devia ser umas quatro e meia. Franca madrugada. Ruas vazias. Em alguma intermitência das risadas, meu pai me olha pelo retrovisor. Como se apenas naquele momento se dera conta de que eu entrara no carro. "E tu, guri", cuspiu fazendo pausa pra um arroto que brotara, "quantas calcinhas tu baixou nessa festa?" E continuaram rindo. Miro meu amigo que me olha com cara de bá-que-merda. Naquela altura, da noite, da vida, eu já estava tão foda-se que respondi de verdade. "Só a minha, pai."

O amigo dele, já quase-inconsciente, rebenta em mais uma gargalhada. Como se eu pudesse ter dito qualquer coisa — duas, três, crocodilo, telefone celular — e produzido o mesmo efeito. Meu pai sorri plastificado, duvidoso. Maneia a cabeça. "Como é que é?", pergunta. "É. Na hora de mijar, tenho que baixar minha calcinha, sentar..."

Era julho. O carro agora em gelado silêncio. Pelo espelho, vejo uma nesga do rosto do pai contraído de fechado, de raiva e de vergonha. O amigo parece custar a entender. Puxa o ar como que procurando uma palavra, mas se arrepende todas as vezes. Se alegra um pouco, talvez uma ideia. Vira as costas pra sua porta, me olha de relance por cima do encosto onde antes apoiava a cabeça. E ainda com um sorriso demente nos lábios, faz menção de tentar alguma brincadeira. Mas novamente não se anima e se dá por vencido, ajeitando a bunda na poltrona, virando o nariz pro para-brisa. "Gilberto, é segunda a tua visita naquele apartamento da Medianeira, né?", e começam os dois um ridículo protocolo até chegarmos na casa da mãe.

Descemos. "Caralho, velho! Tu foi muito corajoso!", diz meu amigo. Mais abaixo na Floriano Peixoto, há um bar ainda aberto. "Vamos tomar uma saideira?", pergunto afirmando.

16 de março, segunda-feira.

Gustavo me liga dizendo que, em função da Covid-19, a clínica terá que fechar momentaneamente.

18 de março, quarta-feira.

De fato, está declarada a quarentena. Comecei o isolamento hoje, fechado em casa. A previsão é de que o país conte milhares de mortos em poucos meses. Hoje, na Itália, morreram 475 pessoas. Total de três mil mortos.

22 de março, domingo.

Domingo. Em entrevista na televisão, o presidente da República afirma que o número de mortes pela Covid-19 não será maior que as 796 causadas pela gripe H1N1 em 2019.

29 de março, domingo.

Eram sete e meia da manhã. Saio de casa, na Rua Fernando Machado, pra caminhar pelo Centro. É menos estranho divagar pelas ruas nesse horário e encontrar todas as portas fechadas. A livraria, o bar, a musculação. As casas quietas. Os carros parados, em silêncio. Desço pela Rua General Auto até alcançar a Demétrio Ribeiro. Restaurantes, farmácias, cafés e moradores de rua nas calçadas. Vou lento, mirando as janelas. O pai mora quase na Borges de Medeiros. Caminho pela calçada oposta.

O térreo do prédio embaça os olhos de abandono. Há grades velhas e enferrujadas. Meio metro de chão, uma pequena escada de três degraus. Uma porta de vidro de marcos marrons. Tudo combina. Ali funcionava alguma loja, falida há muitos anos. Corta a entrada pela metade uma grade pantográfica semiaberta, carcomida pelo tempo. Parece emperrada. Como se ninguém mais se importasse em proteger aquele espaço. Acima dela, há uma parede cinza chamuscada pelo que imagino ter sido um intenso incêndio. Envolvem a porta paredes de tijolos que perderam o reboco, como um rosto o seu viço. Os andares acima são mais alegres. Venezianas brancas à esquerda de duas sacadas que alguns moradores resolveram fechar, aumentando suas salas. Janelas de vidro: modernas e deslizantes. Refletem em cores vivas os prédios em frente, as árvores de largas copas. Contrastam reluzindo com o desgaste geral do prédio. No segundo andar, a bandeira do Brasil segue colada ao vidro, com um pedaço de fita adesiva em cada canto.

1º de julho, quarta-feira.

Três meses sem escrever essas notas. Uns cem dias de confinamento, cerrado em casa. Estudando, escrevendo, vendo televisão, cozinhando. Minha bolsa de mestrado se manteve. Privilégio. Tenho momentos de alegria. Prazerosas espreguiçadas por debaixo do algodão das roupas-de-ficar-em-casa. Tempos imensos pra ler. Fora isso, sensações de morte que até foram mais violentas no início e que agora voltaram. Passei a assistir jornais na televisão, sempre recheados de declarações do presidente. Eu chorava de angústia. Sentimento de irrealidade. Era como se aquilo não estivesse acontecendo. Dormia mal as noites. Quando alcançamos as mil mortes, ele disse: "O vírus está indo embora". Quando eram cinco mil — "E daí?". Hoje, são sessenta mil e estamos ainda no olho da tormenta. Só ontem, morreram mais de mil e duzentas pessoas. E acabo de ler um ex-secretário do Ministério da Saúde dizendo que, em março, na época da entrevista do presidente, eles já projetavam cem mil mortes ao final de setembro. Nos frios dados oficiais. Mas os corpos frios devem ser muito mais numerosos. O dobro?

    Todo domingo de manhã, fiz o mesmo percurso até o prédio do pai. Demétrio Ribeiro, quase esquina com a Borges. E, ao lado da Borges de Medeiros, ordem e progresso. Todo domingo, até bem pouco tempo, houve manifestações em verde-amarelo. Eu tinha medo de dar de cara com ele. Gosta de acordar cedo, como o filho. Por vezes, me aproximei do interfone. Três apartamentos no segundo andar. Devia ser o duzentos e dois, pois era a janela do meio. Ou aquele raciocínio não fazia lógica e bastava apertar nos três botões. A cada novo absurdo do governo, eu nutria a esperança de ver retirada a bandeira. E pensava: se isso acontecer, toco o interfone.

    Perdi um pouco a noção do tempo preso aqui dentro. Mas era sexta-feira de manhã quando Sérgio Moro pediu demissão do Ministério da Justiça bancando, como sempre, o super-herói da "coisa certa". A expressão me dava calafrios, porque meu pai sempre foi o arauto da coisa certa. Enquanto me dava joelhadas na bunda; enquanto trabalhava mentindo pras pessoas; enquanto tratava minha mãe como um resto necessário; enquanto impregnava em mim o mais obsceno racismo; etecetera, pra encurtar. Os dois se pareciam. Talvez por isso, acreditei que meu pai se identificasse com Moro. Ouvi seu pronunciamento preparando o almoço sem pressa. Picando verduras e sendo assaltado por histórias antigas. Chorando ligeiramente entre sentimentos contraditórios. Uma nostalgia esperançosa do futuro. Até que fui tomado de ímpeto repentino, desliguei o fogo, esqueci a máscara e corri pra sua casa. A bandeira intacta na janela.

    Foi antes ou depois que comecei a ler *2666*, do Roberto Bolaño, ao me deitar pra dormir. Oitocentas e cinquenta páginas bem largas. Também por aqueles dias, Thelma, mulher negra, ganhou o Big Brother Brasil. Eu fui pra janela e dei gritos estranhos, sem palavras. Vogais rebentadas. Depois, o presidente nomeia um amigo da sua família como diretor-chefe da Polícia Federal. Começo a escrever o primeiro capítulo da dissertação com oásis de fôlego no peito. Aprendo a fazer lasanha de berinjela. Enquanto isso, Bolaño fala de quatro literatos obcecados pela obra de um escritor alemão. Um francês, outro espanhol, uma inglesa e um italiano cadeirante. Os dois primeiros começam a transar com a inglesa. Eu acho o tom machista e androcêntrico.

Corto cebolas tentando me desvencilhar das imagens das pessoas dançando com caixões debochando dos mortos da pandemia nas manifestações verde-amarelas. Invadem os pensamentos como alucinações, horrorizando o dia. Em vão, procuro sentidos. E as cenas voltam sem cessar. Contra o isolamento social e a favor de um remédio chamado cloroquina, o presidente frita o ministro da Saúde, um mês depois de haver derrubado o anterior. O Ministério está sem ministro até hoje. O francês, o espanhol e a inglesa viajam juntos pro México. O italiano cadeirante fica em Turim. Os três primeiros chegam à cidade de Santa Teresa, fronteira com os Estados Unidos, na busca pelo tal escritor alemão. É ridículo e bastante parecido com a academia — nossos autores-fetiche. Normalmente, homens brancos. Me foi rapidamente evidente que o alemão era ficcional. Mas confesso haver procurado idiotamente Santa Teresa no Google Maps. Não era um escritor nem uma cidade específica, mas talvez entidades do nosso tempo. A inglesa volta à Europa e acaba ficando com o italiano.

Gustavo me contata oferecendo atendimentos em modo online. A mensagem entra numa espécie de fundo falso da cabeça. É divulgado o vídeo de uma reunião ministerial em que diversos crimes do governo ficam escancarados. Entre eles, as tentativas do presidente de bloquear as investigações da Polícia Federal contra ele e seus filhos. Morre George Floyd, nos Estados Unidos, homem negro, asfixiado por um policial branco. Motivo: utilização de uma nota falsa de vinte dólares. Termino o primeiro capítulo da dissertação de mestrado.

O presidente segue defendendo ferrenhamente a volta do comércio — dinheiro pra uns e asfixia pra outros. Diversas manifestações contra o racismo eclodem pelo mundo. Atos antirracistas e antifascistas tomam as ruas do país. Respondo a Gustavo, dizendo que me apavora a ideia de fazer uma sessão vendo meu próprio rosto. Peço um tempo. Passo três dias comendo hambúrguer de lentilha. Sonho novamente com o mar, me afogo. E acordo com a imagem inesquecível do menino sírio morto na praia. Por quê? Começo a segunda parte de 2666. Um professor espanhol da Universidade de Santa Teresa, meio pancada: pendura um livro de geometria no varal e ouve uma voz incalável lhe chamando de "bichona". Acho que ele é branco, pois não me lembro de nada que tenha sido dito sobre sua cor. Escoando postos e bilhões ao Centrão, o presidente garante uns duzentos votos que entopem um possível processo de impeachment. O inquérito das *fake news* avança no STF. O país ferve e uma tentativa de golpe parece latente.

Está escrito, eu sei. Mas insisto: a bandeira segue na janela.

Tranco no segundo capítulo da dissertação, no qual tento tecer reflexões metodológicas. Remonto a estrutura do texto e volto ao primeiro capítulo. Eu havia feito promessa de fazer exercícios com elásticos comprados pelo Instagram. Encomendei duas vezes, mas não chegaram e desisti. Bolaño engata a terceira parte com a história de um jornalista americano negro, escalado pra cobrir uma enfadonha luta de boxe em Santa Teresa. Antes e depois do combate, muito trago e atmosfera pesada. Nas bocas e ouvidos, a morte serial de mulheres na cidade. A luta em si durou três linhas. O Ministério da Saúde tenta esconder o número de mortos da pandemia — deletar os corpos. Derrubar as cruzes?

Me vicio numa cachaça artesanal vendida por uma vizinha da Fernando Machado. Tento escrever a conclusão do trabalho pra ter noção do todo e fracasso. Cogito abandonar o mestrado. Converso com minha orientadora. Alcanço o quarto capítulo do calhamaço infinito de Bolaño — *a parte dos crimes*. Em Santa Teresa, mulheres são mortas estranguladas, asfixiadas. Muitas são esfaqueadas no peito. Quase todas, estupradas. O texto é de uma crueza perturbadora. Como em filme de horror, eu fechava os olhos e virava o rosto. O problema é que, nos livros, as cenas não passam sem os nossos olhos. Mulheres com os seios dilacerados a mordidas. Eu passava mal, mas não conseguia parar de ler. Talvez infantilmente à espera da polícia e da sua justiça. Listas de nomes impossíveis de se transformar em personagens, impossíveis de se tornarem memória. Uma mulher — depois mais duas, depois mais três, mais cinco, mais sete. O que fica é um corpo imenso e rasgado dessas mulheres abandonadas em matagais, ao lado de escolas, em indústrias inativas. Aquele número boiando, 2666. O que quer dizer? Num repente, pensei toscamente que pudesse ser o número de mortas. E uma aura fúnebre foi me bebendo. Morte silenciosa tomando-me o corpo. Parei de ler. Me angustiei. Passei a sentir arritmias cardíacas, paradas respiratórias, náuseas. A memória no corpo.

Numa tarde melancólica de domingo, em frente à televisão, peguei o telefone e perguntei pelo WhatsApp ao Gustavo se poderíamos fazer uma consulta presencial.

2 de julho, quinta-feira.

Gustavo respondeu que na clínica estavam fazendo concessões a consultas presenciais esporádicas. Mesmo dia e hora de antes. Tive insônia, mas acordei cedo. Ainda estava escuro. De madrugada, tempestade e assobios do vento. De resto, o frio, gotas piscando das bordas. O tempo parado. Aquela morte prossegue. Devo ter quedado algum tempo petrificado na janela. Meu apartamento de fundos. À vista, a parede da frente. O pequeno pátio térreo do vizinho. A janela fechada da menina que, às vezes, faz ginástica no quarto imitando o YouTube. As primeiras buzinas, depois, as primeiras luzes do sol. No banho, uma vontade repentina — me montar.

Touca, hidratante, batom vermelho pincelado como corretivo na região mais escura da barba e sob os olhos. Pó compacto, base e corretivo highlight. Fiz as sobrancelhas com palhetas de sombras, mais pó e contornos. Usei todas as cores e iluminador — a explosão dos olhos. Cílios, batom vermelho, peruca-juba. Loira platinada de fios ondulados. Quando terminei, parecia uma boneca. Me perguntei: por que desta vez me fiz tão branca e delicada? Estava irreconhecível. Na saída, a ironia: máscara de pano sobre o rosto que me dera tanto trabalho produzir. Apenas os matizes dos olhos à mostra, envolvidos pelos volumosos cabelos.

Dez minutos de Uber, chego à clínica. Subindo a escada, me sentia bem. Estava viva. Reluzia, brilhava. Adentro a sala de espera vazia. Faltam seis minutos pra sessão. Imagino a cara do Gustavo quando me ver. Vai me reconhecer? Instantes depois, ouço tosses na escada, passos de um subir lento. A porta da sala de espera é vazada por retângulo de vidro transparente. Por ali, vejo o crânio grisalho de Gilberto, meu pai. Caminha cabisbaixo, mirando o solo. Sinto frios intensos me brotarem pelo peito, pescoço, barriga. Horrorizada, em risco de vida, corro ao banheiro como quem foge da morte. Me olho no espelho. Tenho medo de desmaiar. Inspiro coragens. Foda-se, Emiliano. Fo-da-se! Vai pra porra daquela sala! Volto.

Meu pai tinha a face inclinada, mergulhada em um livro de autoajuda. Ao contrário da minha mãe, ele nunca fora leitor de coisa alguma. Talvez por ser negacionista em potencial, se recusou a fazer as sessões pela internet. Pigarreou e me olhou de relance. Como que voltando a si, aos avisos na parede, levou a mão ao bolso do casaco pra em seguida esconder-se atrás da sua máscara. Ajustando-a, me olhou com mais demora. Fez um sorriso protocolar que se viu pelo esticar das pálpebras. Ato contínuo, como se agora houvesse capturado algum traço do meu rosto velado, congelou sobre mim seus olhos cavos. Os músculos do seu rosto foram perdendo a tensão. Me reconhecia? Quedamos inermes por segundos infinitos. Até que tive medo e agarrei o tampo da cadeira. Com a mesma expressão, ele deslizou os olhos pelo meu corpo. Sua cabeça começou a oscilar mínima e maquinalmente pra trás e pra frente. Eu não sabia decifrar seu semblante por detrás da máscara. Ou me reconhecia conscientemente e estava em choque. Ou se dera conta de que havia naquela mulher algo estranho e estava embriagado pelos últimos instantes da sua ignorância.

O único filho do senhor Gilberto — que decepção. Tenho prazer de ser um fracasso nesse mundo tosco em que tu vive. Mas muita dor também. Eu não queria, pai. Seria tão melhor poder conversar contigo, compartilhar a vida. Poder me confessar, confiar em ti, me mostrar fraca, hesitante. Eu vim de ti, pai. Fomos espelho um do outro. Como pudemos nos odiar tanto? Como nos tornamos tão diferentes? Porém, no fundo, logo que entramos nessas salinhas, vemos que não somos assim tão distintos. Que aí dentro deve haver mulheres de esquerda sufocadas e que aqui dentro há machos fascistas que tento silenciar. O problema, pai, é que tu odeia essa mulher, assim como eu odeio esse fascista. Só odiamos a nós mes-

mos. Somos espelho quebrado umx dx outrx.
　　Seria tão mais fácil se tu tivesse algum senso, se tu lesse alguma coisa que presta. Se tu não acreditasse nessas merdas que recebe pelo celular. Mas te dizer isso seria egoísta. Fácil demais — arrancar o caroço mais podre de ti e ficar com o que ainda suporto. Porém, se eu não disser, nada vai mudar e viveremos eternamente assim. Dizer ou não dizer, eis a questão. Tu nunca conseguiria fazer o movimento de me procurar, não é, pai? É estranho. Por um lado, tu talvez admita que eu não sou criança. Então, pode pensar que não é necessariamente tu que tem que vir falar comigo. Por outro, eu te idealizo. Eu era bebê quando te conheci adulto. Protejo um fio de esperança de que tu seja mais lúcido e, assim, tome a iniciativa. Por isso dizem que a esperança é a última que morre. São ilusões de infância. A gente alimenta cada teoria besta pra não ver a crueza da realidade. No fundo, que não sou amada. E que não nos amamos. Não nos amamos mais do que nossas raivas, nossas paredes. Bolaño tem razão — o mundo é esse. Os livros não gostam de banho. Santa Teresa não deve ser muito diferente de Porto Alegre. Muito diferente de ti. Sufocando mulheres que te gritam dentro todos os dias.
　　Devaneava esse falatório — me jorrava imaginário. Depois da história da calcinha, nunca mais nos falamos direito. Até que nos distanciamos de vez sem que nada tivesse acontecido. Era, assim, finalmente o momento de se desvelar minha mulher frente ao pai. Seus olhos ocos ainda sobre mim. Era como o fino tecido de um véu que se rasgava lento em suas retinas. Os mínimos fios se dilacerando um a um. E eu, nas palavras que me queimavam, fui incendiando em vida. Me parindo. Como se crepitasse minha última casca. Se eu pudesse, enfim, sair do casulo e viver borboleta. Minha vida cabia naquele encontro.
　　A mão atrás da orelha, tirar a máscara e dizer... Dizer o quê? Por onde começar? O único filho... Já não lembrava de mais nada. Tremo, suo frio. Alguém abrirá a porta, Gustavo ou a mulher. Seria meu aborto. Inconsciente, pus a mão atrás da orelha.
　　Eu tirei a máscara.

José Falero é escritor e cronista da revista eletrônica *Parênteses*. Autor de *Vila Sapo* (2019) e *Os supridores* (2020)

José Falero
Com a palavra, o psicopata

Psicopata: pessoa que sofre de um distúrbio mental, definido por comportamentos antissociais, pela falta de moral, arrependimento ou remorso, sendo incapaz de criar laços afetivos ou de sentir amor pelo próximo.

Psicopata? Ora, por favor! Poupa-me da tua ignorância! Eu tenho nojo, desprezível leitor, do teu conceito distorcido de "psicopata"! Queres mesmo saber o que é um psicopata? Tens estômago? Pois então vou te contar!

Uma vez, quando menino, vi um par de cachorros brincando faceiros no meio da rua. E não é que um ônibus passou por cima de um deles? O outro, o cão que ficou vivo, cheirou o cadáver esmagado por uns instantes e depois foi embora, abanando o rabo, provavelmente procurando outro amigo com quem pudesse se entreter, um amigo que não tivesse se tornado um tapete inanimado e sem graça.

Assim são os cães: nada de choro, nada de velas.

E o ser humano? Ah, o ser humano! Em sua arrogância infinita, o homem atribui ignorância à indiferença do animal irracional em relação à morte, mas no fundo trata-se justamente do oposto. O animal irracional, este sim, sabe bem o que é a morte; o ser humano, ao contrário, parece incapaz de concebê-la. Pois a morte é pura e simplesmente algo a que não se deve dar a menor importância, e o espalhafatoso comportamento humano em relação a ela é totalmente incompatível com a sua verdadeira natureza. A lamentação, a tristeza, a revolta, o desespero: toda essa inútil parafernália sentimental não resulta da morte em si, não resulta do fenômeno tal como de fato é, mas resulta, isto sim, do conceito fantasioso e dramático que o homem constrói em torno da morte.

Outra coisa que vi, tempos depois, já adulto, foi meu sobrinho pequeno, que mal tinha aprendido a andar, matar um filhote de gato. Eu estava sentado na varanda da casa da minha irmã, tomando conta da criança, como sempre, tomando vinho, como sempre, e tomando conhecimento da realidade objetiva, como sempre. Na verdade, tudo começou com um genuíno acidente, conforme pude reparar: meu sobrinho, que até então desfilava para lá e para cá com a empolgação de quem aprendeu a andar na véspera, de repente resolveu sentar-se, o que fez simplesmente dobrando as perninhas sem nenhum cuidado, como costumam fazer as crianças pequenas. O gatinho se lambia distraído quando a bunda fraldada lhe veio por cima. Mas não foi assim que a morte se deu. O menino, percebendo que havia sentado em cima de alguma coisa, arredou-se um pouco para o lado e espiou cheio de curiosidade para ver o que era; o filhote saiu a custo de baixo dele, cambaleando e tentando se afastar, atordoado. Meu sobrinho começou a puxá-lo pelo rabo e a dar-lhe fortes tapas na cabeça, até que o animal desfaleceu. Eu poderia ter intervindo, claro, mas assistir a uma cena dessas, sem nada fazer no intuito de interrompê-la, é de suma importância para a verdadeira compreensão do comportamento humano; foi por isso que, prestando toda a atenção que podia, apenas fiquei olhando tudo. E o menino, cagando para a minha presença, ainda se deu ao trabalho de levantar para poder pisotear o gato desacordado, o que ficou fazendo por um bom tempo, até se cansar. Por fim, tornou a sentar-se junto ao animal, pegou-o em suas mãos pequenas e começou a comê-lo, pelas orelhas. Mas não deve ter gostado do sabor, porque fez uma careta e tornou a largar o bicho.

Assim são as crianças pequenas: nada de choro, nada de velas. Acreditas em Deus, obtuso leitor? Pois fica sabendo que é assim que Deus nos faz: indiferentes à vida e à morte, como as árvores e as nuvens. E se não acreditas em Deus, fica sabendo, então, que é assim que a Natureza nos faz: indiferentes à vida e à morte, como as árvores e as nuvens. O certo é que não trazemos de fábrica qualquer respeito pela vida ou pela morte. A criança pequena é capaz de matar sem remorso, porque ainda não sofreu a grande degeneração. A criança pequena ainda não é um ser humano. A criança pequena não se deixa levar por ilusões. A criança pequena é indiferente à vida e à morte, como as árvores e as nuvens.

Se dignar-te a pensar bem, simplório leitor, verás que nada do que pode ser ensinado ou aprendido reflete a realidade objetiva. Podes, por exemplo, aprender ou ensinar que dois e dois são quatro. Na qualidade de abstração, contudo, a matemática é tão real e palpável quanto as fadas e os dragões: existe apenas na mente humana, trata-se de um faz de conta, uma espécie de brincadeira cujas regras todos respeitam; nada além disso. E, assim como a matemática, podes também aprender a sentir o remorso e a nutrir o afeto, enganando a ti mesmo, deixando-te levar pela fantasia de que as coisas possuem significado ou razão de ser. Mas nota que não nasceste sabendo a matemática, assim como não nasceste sabendo sentir o remorso. Olha e vê: o arbusto da esquina existe, é real, mas não pode ser compreendido. Ali está ele, sem significado, razão ou propósito; desiste de compreendê-lo! Percebe que, quanto mais tentas compreender o arbusto e a ele atribuir propriedades, mais te afastas do arbusto real, e mais vivamente produzes em tua mente uma representação falsa do arbusto, a fim de submeter essa abstração a meditações.

Percebe que, se morreres agora mesmo, tua mãe iludida pode vir a chorar, mas nem uma única lágrima será derramada pelas árvores ou pelas nuvens. Em verdade, tua existência nada significa, e o fim dela nada representa. A realidade é indiferença pura, nem alegria, nem tristeza; o resto são distorções, fantasias resultantes das abstrações humanas.

Quando matei minha mãe com um mata-leão, meditei longamente sobre as explicações que daria às autoridades, caso fosse apanhado.

— Mas, rapaz, por que é que mataste tua própria mãe? — talvez viesse a me perguntar o delegado, com a típica perplexidade dos idiotas que precisam desesperadamente encontrar explicações para as coisas.

— Não houve motivo, delegado — eu responderia. — Matei-a pela mesma razão que o senhor talvez já tenha esmagado uma formiga: nenhuma. Já paraste para pensar nisso? Ao varrer a casa, podes muito bem remover cada formiga que eventualmente esteja no caminho da vassoura, a fim de não aniquilá-la; mas eu te pergunto: chegas a fazer tal coisa? Respeitas a vida a esse ponto?

— Mas que absurdo! Comparas a vida de um ser humano à vida de uma formiga?

— Não, eu prefiro deixar essa comparação para ti, que pareces ser mais sabido do que eu: vamos, compara ambas as vidas e me explica por que a vida humana teria maior importância. Podes? Ele não poderia. O máximo que poderia fazer seria despejar em meus ouvidos um gigantesco amontoado de baboseiras sentimentais, por meio do qual tentaria me enfiar na fantasia louca de que a vida humana tem valor e significado especiais. Mas contra fatos não há argumentos, conforme dizem. É evidente a incoerência de quem respeita a vida humana e extermina os insetos. Simplesmente não há nenhum parâmetro natural pelo qual possamos definir valores de existências distintas. É um fato! Eu, tu, o cão sarnento do mendigo e a lagartixa na parede somos farinha de um mesmo saco, e a morte de um não é diferente da morte de outro.

A indústria do cinema fez um belo trabalho na distorção do conceito de "psicopata". Nos filmes, essa palavra é comumente associada a um assassino, e como se isso já não fosse absurdo o suficiente, o assassino ainda por cima sente prazer em matar. Quanta tolice! Para começar, um psicopata não é, necessariamente, um assassino; é apenas uma criatura capaz de perceber que nenhum sentimento é real, que o afeto e o remorso, por exemplo, são reflexos de abstrações e nada além disso. Ao notar, por meio de lógica, que os seus próprios sentimentos são uma ilusão, o psicopata deixa de nutri-los, pelo que eles reduzem de intensidade até não mais existirem em seu espírito. Uma vez livre das ilusões dos sentimentos, o psicopata torna-se capaz de matar sem remorso, mas isso não significa que virá a fazê-lo, e muito menos que sentirá prazer em fazê-lo; afinal, o prazer é tão incompatível com a psicopatia quanto o amor ou a moral.

Na ocasião em que ateei fogo num casal de mendigos que dormia despreocupadamente na rua, fiquei me perguntando qual seria o mecanismo da dor. Ali, vendo os dois desesperados, em chamas, aos berros, pensei comigo mesmo se haveria alguma maneira de deixar de sentir dor, assim como é possível deixar de sentir pena... Logo concluí que não devia haver. A dor é real, natural; foi colocada em nós pela mesma entidade que coloca o verde nas plantas e faz duras as pedras. Ao contrário do remorso e da ternura, por exemplo, a dor não é obra do nosso espírito, de modo que não podemos cessá-la por meio da razão.

A coisa mais interessante nos psicopatas é a invariavelmente vultosa capacidade intelectual que possuem. Jamais se ouviu e jamais se ouvirá falar de um psicopata burro. Isso acontece porque a psicopatia não é como a gripe, que pode acometer qualquer um. Aliás, ao contrário do que se acredita e do que afirmam os especialistas, a psicopatia nem mesmo é uma doença ou distúrbio. A psicopatia manifesta-se sempre como resultado de atividade intelectual intensa: o indivíduo, de tanto filosofar acerca das coisas, adquire uma percepção tal da realidade objetiva que se torna impossível para ele embarcar no mundo de fantasias em que vivem os demais. Em outras palavras, a mente não psicopata é que é doentia, acometida do que costumo chamar de "empatia aguda". Chamo assim porque "empatia" é a mania de se colocar no lugar do outro, coisa de que não sofre o psicopata. Afinal, a empatia só pode se dar por abstração, afastando-se o empático da realidade objetiva. Tu não podes realmente te colocar no lugar de outra pessoa, de modo a assumir-lhe o corpo e o espírito; no máximo, podes imaginar tal situação, criando para tanto, em tua mente, uma representação puramente fantasiosa; daí brotariam impressões igualmente fantasiosas, como a impressão de identificação, e essas impressões fantasiosas, por sua vez, se ramificariam em sentimentos, também fantasiosos, como o sentimento de solidariedade ou afeição. Mas o importante a notar é que tudo nesse mecanismo é abstração: nada existe na realidade objetiva. E o psicopata vive na realidade objetiva sempre, não arreda pé do mundo real, não se envolve em ilusões.

— Pelo amor de Deus! Te coloca no meu lugar! — suplicou-me um homem certa vez, chorando e babando. Estava amarrado numa cadeira, e eu me preparava para degolar, diante dele, o seu bebê de poucos meses. — Gostarias que eu fizesse isso com um filho teu?!

— Ah, meu amigo, não posso me pôr em teu lugar: é simplesmente impossível.

— És um monstro! — acusou-me ele.

Fitei-o com profunda curiosidade. — Será que tens noção da própria tolice? Ouviste o que acabaste de dizer? Os monstros não existem! — E cortei fora a cabeça do bebê.

Podes acreditar no que quiseres, odioso leitor. Podes acreditar em monstros, e até incluir-me entre eles. Mas o fato é que matei minha mãe com um mata-leão, e nem por isso o sol deixou de nascer. O fato é que queimei um casal de mendigos, e nem por isso os pássaros deixaram de cantar. O fato é que degolei um bebê, e nem por isso as águas do Nilo interromperam o seu curso. O fato, estúpido leitor, é que a vida e a morte são fenômenos sem importância, como o sopro do vento e o cair da chuva. Se pensas diferente de mim, fica sabendo que estás a enganar a ti mesmo com ilusões; criaste fantasias que não podes justificar por meio de lógica, e te apegaste a tais fantasias com tamanha força que acreditas nelas piamente, como se fossem a realidade; não passas, tu, portanto, de um doente mental!

TAIASMIN OHNMACHT é escritora, psicóloga e psicanalista. Mestre em Psicanálise (UFRGS), é autora de *Ela conta ele canta* (2016) e *Visite o decorado* (2019). Foi relacionada no catálogo *Intelectuais negras visíveis* (2017)

Taiasmin Ohnmacht
Entre olhares e telas

Acordou assustada, não se lembrava do sonho, apenas a angústia a acompanhou até à vigília. Um rápido flash trouxe à memória um rosto feminino e a certeza de que algo foi dito, mas o quê?

Levantou-se para o café. Um dia agitado não permitia espaço para lembranças oníricas. Precisava reunir forças para iniciar uma rotina de afazeres. Preparou seu espaço de trabalho e abriu o computador ao lado de muitos livros e de uma caneca de café.

Textos acadêmicos, livros para revisar e a dor de cabeça, a mesma de sempre, sabia que iria piorar. Ao meio-dia, já não conseguiria suportar a luminosidade da tela. Caso prosseguisse com aversão ao meio digital, rapidamente se tornaria uma incapacitada em meio a uma pandemia.

Buscou remédios, foi ao banheiro, molhou o rosto. Olheiras escuras sublinhavam seu olhar. Novo flash: as mulheres viram, mais de uma viu. O quê?

Sonhou com mulheres, esforçou-se para lembrar mais, para lembrar do rosto das mulheres, não conseguiu. Desistiu do espelho, não havia tempo. Há uma semana, decidira atravessar a madrugada revisando textos para dar conta dos prazos, mas seu esforço fracassou.

Temia ficar novamente incapacitada. Já havia vivido isso antes, primeiro um incômodo difuso, depois a completa aversão, não podia acontecer novamente. O novo ofício lhe garantiu trabalho e sustento, abandoná-lo seria cair no vazio, mas a verdade é que estava cada vez mais difícil. De novo.

No celular, mensagens de ex-colegas preocupados com sua desistência do magistério, colegas que a viram passar mal na escola, a ponto de ser incapaz de passar pelo portão de entrada. A mensagem preocupada da amiga, da colega, não sabia como deveria chamá-la. Cristina, costumava chamá-la de Cris, mas não agora. Sabia que deveria responder, por educação. Mas responder o quê? Que estava tudo indo mal? Que talvez o problema não fosse a escola? Que talvez o problema fosse ela?

Por dois anos, foi feliz dando aulas para turmas do ensino médio, mas algo mudou, não sabia quando começou a ter palpitações ao entrar na escola, quando ficar na sala dos professores começou a causar medo ou quando as reuniões de conselho de classe passaram a lhe provocar enjoos, mas não demorou para perceber que não conseguia mais entrar no colégio.

Despertou de mais uma noite de sono com uma sensação de fuga, levantou rápido da cama, precisava escapar. Entendeu a premência como um sinal de energia para o trabalho e, totalmente desperta, abriu telas virtuais.

Revisando um livro de literatura, começou a lembrar-se das aulas do colégio, de quando era aluna e teve seu primeiro contato com a poesia. Não recordava o nome da professora, mas sim dos versos de Drummond, *Teus ombros suportam o mundo*, e justamente por sua fragilidade de 13 anos de vida, ela irmanou-se ao poeta no conhecimento do peso do mundo.

Por que lembrar de dias tristes? A adolescência ficou para trás, um período conturbado e confuso, que ao menos havia servido para compreender melhor seus alunos e a ser uma profissional mais atenta do que os professores que tivera. Entretanto, nada impediu que chegasse ao ponto de abandonar a profissão; a escola, enfim, tornou-se insuportável aos 36 anos, não aos 13. Olhou para a tela, ainda bem que a encontrou, sentiu um breve receio de perdê-la, mas até ali, o dia transcorreu bem, nenhuma sensibilidade à luz, nenhum desconforto. Com um leve movimento de cabeça, desvencilhou-se do passado e investiu no dia de trabalho.

O problema foi à noite, não conseguia dormir. Sentia-se cansada, mas algo como uma expectativa, uma sensação de que precisava continuar se movendo fez com que olhasse o celular ainda mais vezes do que de costume, como quem procura por algo e sabe que precisa encontrar para então saber o que procura. Na tela, imagens se iluminavam e se moviam, mensagens de entretenimento e de trabalho que não contribuíam com a chegada do sono, e seguia sem saber o que responder para Cris. Passou da pequena tela à grande, e viu a reprise de um filme, imagens de estrelas de cinema que não existiam mais desde antes de seu nascimento. Coisas da época de sua avó com quem costumava ver esses filmes. As duas aninhadas no sofá da sala escura, o corpo grande e macio da avó e a imagem ruim da pequena TV. A recordação trouxe a calma necessária, e ela adormeceu.

Era uma sala grande e escura, procurava pelo aconchego da avó, mas só percebia a sala tão grande que parecia reduzi-la a um tamanho ridículo. Em um sofá onde ela e sua avó deveriam estar sentadas, havia várias mulheres olhando a pequena TV, o ar era de reprovação, de deboche e, embora ela estivesse em um ponto da sala de onde conseguia enxergar a cena toda, tinha certeza de que era para ela que olhavam na tela da TV, era a ela que as mulheres reprovavam e ridicularizavam, ela estava na velha tela, não via o que elas viam, mas sabia que estava lá.

Acordou sobressaltada, por um lado, aliviada por ser apenas um sonho; por outro, algo lhe pesava no peito, e para este algo, não foi suficiente despertar. Buscou o celular para consultar a hora, cedo demais para levantar. Acomodou a cabeça no travesseiro sem esperanças de dormir, resolveu tentar decifrar o aperto no peito, mas logo foi tomada pela ideia de responder à mensagem de Cristina. *Estou bem, tenho trabalhado tanto que até sonho com telas e monitores, hehehe, acordei agora de um sonho estranho, era como se fosse a casa da minha avó e eu estava na tela da TV, como uma Estela de cinema.*

Estela. Foi ela ou o corretor? Subitamente, o nó no peito se desfez e restou um emaranhado de lembranças e sentimentos. De algum modo, Estela e Cris se comunicavam, embora pertencessem a momentos diferentes de sua vida. A amizade com Estela foi a típica amizade da adolescência, compartilhavam gostos, sonhos, confidências. Assim como o amor pela literatura, Estela a ajudou a atravessar a adolescência, não fosse a amizade dela, estaria totalmente sozinha diante da hostilidade diária dos colegas.

Arisca, assim a amiga a chamava – *a minha arisca*, desde que Estela estendeu a mão para tocar em seu rosto e ela se afastou em um movimento brusco. Apenas um leve toque com a ponta dos dedos, mas ela se afastou de um modo abrupto, como quem tem por certa uma agressão. Com o tempo, Estela conseguiu conquistar sua confiança e o contato físico passou a ser natural, ambas passavam longos períodos fora da sala de aula conversando de mãos dadas. Estela dizia que sentir as mãos dela nas suas fazia com que tivesse certeza de sua presença. Nunca mais teve uma amiga tão próxima quanto Estela, e a verdade é que um dia a adolescência acaba.

Acordou pela manhã sem a lembrança de ter adormecido. Preparou o café e levou uma xícara para frente do computador, ligou o aparelho e Estela retornou à sua mente. Sentiu saudade da amiga, mas também sentiu saudade de si mesma, de uma época em que ler era puro prazer, agora ler era um trabalho que lhe esperava na tela. Na época em que era aluna, o que dava trabalho era sustentar sua presença no colégio. Precisava conviver com o medo, às vezes pavor mesmo, de ser exposta ao ridículo. Não recordava o primeiro alvo, teria sido seu cabelo ou a cor de sua pele? Talvez os dois. De qualquer modo, os apelidos depreciativos, as risadas de deboche foram o suficiente para lhe calar; antes tentou de tudo um pouco, rir junto, devolver a agressão, falar com a professora, mas nada adiantou. A melhor saída foi a invisibilidade, seus pensamentos se dividiam entre o prazer de ir para a biblioteca e estratégias para passar despercebida pelos inúmeros grupos de adolescentes que encontrava pelo caminho. Quando Estela chegou na turma, foi mais do que uma surpresa, foi um amor. Sentiu que tinha encontrado uma grande amiga, uma alma irmã. Por um tempo tudo era simples com ela, conversar, compartilhar leituras, sonhos e fantasias, até que as enxergaram.

Ela viajou com Cristina a trabalho, na verdade, com Cris, outros dois colegas e mais 35 alunos. Durante o tempo em que trabalhou no colégio, sempre fez questão de estar disponível para acompanhar as turmas em suas viagens de estudos, mas esta em especial ainda lhe despertava saudade. Mesmo preocupadas em prestar atenção no grande grupo de adolescentes, ela e Cris tiveram tempo suficiente para conversar sobre suas próprias vidas, e talvez pelo clima do grupo, pela primeira vez sentiu algo próximo do que fora um dia o seu encontro com Estela.

O espaço protegido que criaram durou pouco, o foco do desprezo antes localizado em seu corpo descobriu o prazer do encontro de que ela e Estela gozavam, e as frases *Vocês se comem? Vocês são sapatonas? Quem chupa quem?* começaram a imiscuir-se em uma relação para a qual a palavra amizade até então tinha sido suficiente.

O beijo aconteceu no restaurante do hotel, horas após a janta, eram as últimas a ocupar uma mesa. Sim, ela fantasiava com Cristina, mas não esperava ser correspondida, esperava menos ainda por um beijo. Reagiu mais ao medo de ser vista por algum aluno ou colega do que ao seu próprio desejo, e afastou-se de Cristina de modo súbito. *Desculpa*, a amiga murmurou, e não tocaram mais no assunto.

Continuaram a buscar lugares isolados dentro do colégio para suas longas conversas, seguiam precisando estar juntas, sonhar juntas, escutar uma a outra. Sustentaram a amizade mesmo com toda a zombaria e mantinham-se de mãos dadas, embora isso não lhe parecesse mais tão inocente. E não pareceu inocente aos olhos de um grupo de professoras que as viram sentadas lado a lado, mãos entrelaçadas escondidas em um canto do colégio. Estela foi chamada pelo SOE, mil perguntas e preocupações, a amiga depois lhe contou que as perguntas feitas pelas profissionais eram carregadas de um tom grave: *Você enxerga que as intenções de tua amiga podem não ser apenas amizade?*

Tratavam Estela como cega. *Eu não sou!*, ela repetia indignada. A vida escolar de Estela também não era fácil, com uma perda de visão importante, usava óculos de lentes grossas e material escolar adaptado, também buscou na amizade um porto seguro. *Quer ler meu pau em braile?*, os colegas perguntavam; *Você consegue ver que está se expondo?*, o serviço de orientação educacional acrescentava.

As profissionais preocupadas só falaram com Estela, o colégio nunca a chamou, nem a sua avó, agora, tantos anos depois, sabia exatamente o porquê. As meninas resistiram o quanto foi possível, porém, um dia, o colégio chamou a mãe de Estela.

Se deixarmos solto, as meninas vão aprontar mais do que os meninos. Vocês já viram a quantidade de casalzinho lésbico que tem pelos pátios? Ela se sentiu mal, o enjoo foi imediato, enquanto se levantava para ir ao banheiro, escutava a discussão generalizada que tomou conta da reunião de professores e a voz exaltada de Cristina lhe chegava aos ouvidos como se viesse de um mundo distante. Não conseguiu permanecer, solicitou ser dispensada mais cedo.

Com o celular em mãos, acariciava a tela com um olhar perdido no tempo. As muitas tentativas fracassadas de voltar à rotina de docente foram acompanhadas da necessidade premente de fugir, e, embora não compreendesse o que lhe acontecia, foi o que acabou fazendo: pediu demissão. Olhou do celular para o computador e novamente para o celular, tudo parecia novo, inclusive o próprio quarto onde trabalhava, era como se algo tivesse se deslocado. Nunca mais soube de Estela. Ao final daquele ano letivo, ela mudou de escola, ninguém precisou lhe explicar o motivo. E os anos seguintes no colégio foram ainda mais cruéis.

Conforme o tempo foi passando, perguntou-se várias vezes se em algum momento o encontro entre ela e Estela se revelaria mais do que amizade. Enquanto viveram a alegria do encontro, nenhuma das duas se preocupou com isso, a partir do momento em que os colegas passaram a lançar sobre elas suas próprias fantasias em forma de acusação, pensar na possibilidade de um namoro se tornou um tormento.

Nunca soube o que sentira por Estela, nunca saberia, mas por Cristina ela poderia descobrir. Segurou o celular firme e fez uma ligação, já sabia o que queria dizer.

CRISTIANO BALDI é escritor e profssor universitário. Tem mestrado em Letras pela PUCRS, onde cursa doutorado. Autor de *Ou clavículas* (2002) e *Correr com rinocerontes* (2019)

Cristiano Baldi
A mãe da ariranha

Kerolin, se chama. Tem dezoito anos e quer entender o calor – por que faz ainda tanto calor no final de abril –, quer entender o escapamento das motocicletas uivando sobre a brita na escuridão. Quer entender a madrugada entupida de baratas que entram pelas janelas e crepitam contra o tijolo nu. Ela pode ouvi-las, mesmo aquelas que se arremessam para dentro da cozinha, o segundo cômodo da casa, as ouve como as ouvia quando menina, enfiada até os joelhos na planície aluvial. Lá, no ar salobro, as baratas tinham cor de areia escura, uma cor parecida com aquela do lodo da própria lagoa. Hoje, na zona norte de Porto Alegre, onde o ar não cheira a sal, mas a amoníaco e a banhos de zinco, sob as turbinas recém-decoladas que encrespam esse mesmo ar, as baratas são castanhas, como que envernizadas. Talvez um pouco mais corpulentas, e com um jeito particular de correr sobre as toalhas e as roupas e os outros tecidos, como se flutuassem a milímetros de altura, mas, no fundo, os mesmos bichos munidos daquilo tudo que os torna baratas – e não formigas ou hipopótamos ou mesmo pessoas. Quer entendê-los – o calor e os escapamentos, a noite e as baratas, mas também o zinco e o amoníaco, o tijolo nu, as turbinas e as planícies –, quer compreender essas coisas, pois intui, sem, no entanto, conseguir dizê-lo, que a vida é feita delas. Mas são quatro e trinta e sete da madrugada, Kerolin está acordada há trinta e duas horas e o bebê em seu colo chora como se nascesse.

Com sete anos, Kerolin teve uma irmã que não chegou a chorar. Era uma criaturinha sem cílios ou sobrancelhas, lembra disso agora, com uma cabeça ovalada e cheia de protuberâncias. Uma criança quase transparente, coberta de penugem, que Kerolin visitou todos os dias, durante pouco mais de seis semanas, em uma sala com outros sete ou oito bebês. Mesmo minúscula, sua irmã era uma das grandonas. Havia bebês de pouco mais de um palmo, menores que sua boneca de plástico, cada qual em uma caixa de acrílico. Embora Kerolin achasse aquilo bonitinho – porque achava mesmo, aquelas crianças pequerruchas, que pareciam filhotes de outros animais e não de gente –, embora as achasse bonitinhas, havia todo um aparato conectado a elas, um aparato feito de tubos, agulhas hipodérmicas e monitores digitais, que não deixava Kerolin esquecer que elas estavam, sua irmã inclusa, em uma situação que não tinha, em si, nada de bonitinho. De vez em quando, um alarme tocava ou um bipe percorria a sala, e uma das enfermeiras aparecia e então andava até uma das caixas de acrílico e pressionava um botão e ajeitava qualquer coisa, às vezes com ar de enfado e às vezes tranquilamente, como se cuidasse, nos dois casos, de mudas vegetais e não de crianças. Esses sons não saíram da cabeça de Kerolin durante aquelas semanas – e até hoje ela pensa neles, sempre que, por exemplo, o trem emite o alerta antes de fechar as portas –, mesmo quando não estava no hospital, os escutando de fato, mas em casa, deitada na cama da mãe. Às vezes percebia, ou imaginava perceber, que a mãe também estava acordada, ouvindo aqueles sinais, e então fechava os olhos e fingia que estava dormindo com medo de que a mãe resolvesse conversar sobre ruídos eletrônicos ou sobre tubos enfiados em crianças. Sua irmã – ela mesma tinha um tubo entrando pelo nariz e uma agulha fincada na cabeça – quase não se mexia quando Kerolin e a mãe iam até lá e sentavam as duas na mesma cadeira de fio trançado ao lado da caixa de acrílico e não faziam outra coisa além de olhar através do acrílico para aquele ser cujo mundo era a própria caixa e os dois tubos enfiados em seu corpo e talvez a sensação do próprio peso contra o leito. A mãe nunca chorou ou reclamou, pelo menos não na presença de Kerolin, nem mesmo no dia em que a irmã saiu da caixa de acrílico diretamente para uma de *pinus elliottii*. Não chorou e, de um modo que pareceu estranho na época, se agarrou a Kerolin como a nada mais, e então segurava Kerolin no colo, em manhãs intermináveis, e, com a cabeça enterrada no pescoço da menina, delirava sobre o cheiro dos seus cabelos – é bom esse xampu e esse outro nem tanto e que perfume é esse de alfazema –, e cortava as unhas da menina, e depois as lixava até obter extremidades irrepreensivelmente redondas – algo que nunca tinha feito e que fez para sempre desde então, mesmo quando Kerolin já era adolescente. Depois percorria, com as pontas dos dedos, de olhos fechados, as curvas do rosto de Kerolin, e Kerolin, mesmo tão nova, entendeu tudo aquilo como o que efetivamente era, tristeza – e talvez também como um sentimento que ela, mesmo hoje, não saberia definir, mas que tinha algo a ver como um senso repentino de inutilidade.

Talvez tenha sido por isso que Kerolin, naquele mesmo verão, quando viu um filhote de ratão-do-banhado se contorcendo para fora da toca, nas margens da lagoa, resolveu recolhê-lo e levá-lo para casa e entregá-lo no colo da mãe. O bicho, que tinha vindo com os olhos fechados durante todo o trajeto, balançando raquítico nos braços raquíticos da menina, se aninhou no ombro da mãe e, enfim, os abriu, de um jeito que a irmã não tinha sido capaz de fazer. A mãe torceu o pescoço e olhou para aquele ser deitado em seu braço, de coluna curvada e cara redonda, e correu as pontas dos dedos ao longo do dorso peludo e depois apalpou as costelas, mais ou menos como fazia nas curvas do rosto de Kerolin. Então arranjou uns trapos que deixava para secar nos degraus da escada de ferro e fez uma cama sob a roca de manivela que usava para fiar a lã de uns cobertores que as lojas de artesanato vendiam para os poucos turistas que se aventuravam através daquela península estreita. E lá o bicho ficou ao longo de três semanas.

Para preparar a única tarde em que Kerolin ficaria sozinha com o animal, a sua mãe organizou as orientações em uma série de desenhos, cada qual acompanhado de uma instrução clara, redigida em três ou quatro palavras. De fato, tudo aquilo parecia simples: uns rabiscos bem feitos, nos quais Kerolin via a si própria e também ao animal representados lado a lado, com sorrisos parecidos sobre uma folha pautada. Kerolin substituindo o potinho com água. Kerolin conferindo se ele tinha comida. O animal feliz, de barriguinha cheia, e depois tirando uma soneca. Kerolin substituindo os trapos sujos por outros limpos, mas só em caso de cocô, o que não chegou a ocorrer. Hoje, com o filho chorando em seu colo, um choro seco e improdutivo, ela recorda daquela sensação e pensa que nunca vai experimentá-la de novo, a sensação, que não parecia nada tola na época, mas que hoje parece a maior tolice de todas, a sensação de ver a si mesma nos desenhos da mãe, como a personagem de uma história, de uma pequena fábula que começava com a mãe saindo de casa e acabava com o seu retorno e com a caricatura de um rato, agora falante, dizendo muito obrigado, Kerolin, você é uma ótima mãe.

    O bicho dormia sob a roca, emaranhado em seus trapos. Estava bem claro para Kerolin que não havia como qualquer coisa dar errado. Assim que a mãe saiu da casa, contudo, os desenhos e as orientações, que antes faziam sentido, se tornaram símbolos indecifráveis, e, com a pequena folha pautada nas mãos, Kerolin percebeu que seria incapaz de manter a criatura viva até que a mãe voltasse. Os restos de comida no prato do bicho – uma antiga frigideira com apenas resquícios daquilo que, em algum momento, talvez ainda antes de Kerolin nascer, havia sido um revestimento de teflon –, compostos das lentilhas e da polenta com gosto de margarina que Kerolin e a mãe haviam comido na noite anterior, aqueles restos ainda estavam lá. Ainda que mais tarde naquele dia, depois que tudo acabou, toda a confusão, quando, já na presença da mãe, Kerolin voltou a entender desenhos e palavras, ainda que mais tarde ela tenha pensado que não havia nada de estranho, já que a criatura, na maior parte das vezes, comia a carne e a gordura e ignorava tudo o mais que fosse despejado na frigideira, ali, sozinha com o bicho, investida da responsabilidade de mantê-lo vivo, a polenta e as lentilhas intocadas lhe pareceram estranhíssimas, assustadoras até. Talvez estivessem podres, azedas, e então o bicho não estivesse dormindo, mas estrebuchando, intoxicado pela podridão e pelo azedume, talvez aquele não fosse o ronronar do sono sereno dos animais, mas sim o som dos últimos resquícios de vida escorrendo para fora daquilo que, talvez antes mesmo de a mãe voltar – e isso sim a enchia de pavor –, em breve seria uma carcaça.

    Kerolin recolheu a frigideira e despejou seu conteúdo no lixo. Garimpou na geladeira uma lata, aberta havia alguns dias, no interior da qual uma pequena sardinha escura mergulhava em óleo vegetal. Empurrou a lata na direção do focinho do bicho, até que encostasse em seus bigodes. Ele expeliu um ar úmido e ruidoso pelas narinas e moveu o tronco e se deitou para o outro lado. Kerolin então recolheu a lata de sardinha e a colocou sobre o mocho que a mãe usava para trabalhar. Nada disso estava nos desenhos da mãe, como Kerolin reconheceu para si mesma mais tarde, mas ela continuou agindo, movida por um furor ou um transe ou qualquer coisa assim. Puxou o ratão-do-banhado pelo cangote, como via as pessoas fazerem com os gatos, e o arrastou para fora de sua cama de trapos e o ergueu, para alimentá-lo no colo, mas o bicho girou no ar, como uma mola, se livrou dos braços de Kerolin, e caiu com as patas moles sobre o piso. A menina tentou contorná-lo, para agarrá-lo pelas costas, mas ele corcoveava e a mantinha em sua frente, e mostrava agora essa novidade, que era uma sequência de dentes serrilhados que não pareciam os dentes de um rato ou de um ratazana e nem de nada que Kerolin já houvesse visto, mas que eram dentes incontestáveis, que saltavam para fora de duas gengivas vermelhas e inchadas. Grunhiu, como jamais havia grunhido, e então era subitamente maior, um animal adulto, muito diferente do filhote que a mãe tinha deixado aos cuidados da filha pela manhã, um animal enorme com olhos igualmente enormes e líquidos e escuros como castanhas, um animal que saltou sobre Kerolin e cravou uma das garras na coxa magra da menina, logo acima do joelho. Kerolin levou a mão ao ferimento – nada disso estava desenhado, é claro – e a retirou dali coberta de sangue e então pegou o mocho e dilacerou a pata dianteira do bicho, em um único golpe. O bicho urrou e se debateu, com apenas metade do membro – a outra metade nem pendurada, nem cortada, apenas sumida – e se arrastou até embaixo da roca e ficaram, criatura e menina, sangrando e ofegando, atentas aos movimentos uma da outra, até que a mãe de Kerolin, enfim, chegasse.

Foram em um Ford Fiesta da Polícia Militar até o posto de saúde no centro da cidade. Quando Kerolin esperava para tomar a vacina antirrábica, apareceu um homem vestido com um colete de brim e uma camisa sem mangas que disse a elas que não se tratava de um ratão-do-banhado, mas de uma ariranha, e que tudo aquilo era muito estranho, já que não havia ariranhas por lá há mais de trinta anos. O homem falou também outras coisas, não só com Kerolin, mas também com sua mãe e com o enfermeiro que aplicou a injeção. Mas tudo em que Kerolin conseguia pensar na hora, e que volta a pensar agora, enquanto aperta o próprio bebê, em prantos, contra o peito, é que não chegou a considerar, na manhã em que encontrou e recolheu a ariranha de sua toca, que o bicho tivesse uma mãe – uma ariranha adulta que talvez houvesse saído atrás de uma carpa para o seu filhote, e que, mais tarde, com o peixe entre os dentes, encontrou a toca vazia. E então pensou, como pensa agora, que ela, Kerolin, retirou o filhote de sua mãe, privando ambos de tudo aquilo que filhotes e mães ariranhas fazem juntos. Tirou-o da mãe apenas para que ele, no fim de tudo, acabasse com a mão dilacerada sob o assento de um mocho.

Nove anos depois, sentada sobre alvenaria de pedra de uma mureta de arrimo, de cujas frestas brotava a umidade residual do terreno atrás dela, no coração do parque coureiro-calçadista onde ela e a mãe cortavam rolos de pelica que chegavam dos curtumes próximos estampando os nomes de seus proprietários – nomes como Krummenauer, Heinz, Bühler, Dillenburg –, sentada sobre essa mureta, Kerolin viu baratas vertendo de um bueiro, lentas sob o sol das três da tarde, baratas como aquelas que Kerolin vê agora, enquanto balança o bebê no colo, andando de um lado para outro na penumbra. Alguém disse a ela – um vigia, talvez, ou quem sabe um operário que também velava um morto – que se as baratas estavam andando pelo chão debaixo de um sol daqueles era porque havia um desequilíbrio na colônia. Desequilíbrio na colônia, ela lembra de achar aquilo engraçado. Lembra que riu e que se desconectou por um instante do fato de que, a alguns metros dali, sob a telha-vã da capela, em frente a um altar habitado por uma solitária Virgem de resina, sua mãe estava esticada em um caixão, com um bonito vestido de broderi eivado de vidrilhos cor de pérola. O homem se sentou além da quina da mureta e cruzou os tornozelos. Usava botas de trabalho e calças de brim escuro, apertadas nas coxas. Bateu a poeira da camisa entreaberta e um escapulário dourado reluziu contra o sol. Deu então um peteleco na pequena imagem, para que ela desgrudasse do suor do peito, e Kerolin viu que ele tinha as pontas dos dedos amareladas, de mexer em algo, talvez em fumo. Perguntou alguma coisa que Kerolin não ouviu muito bem, quem sabe algo sobre o calor. Agora, no quarto, enquanto balança seu filho com força demais, ela lembra – ou pensa lembrar, não sabe bem – que fez algum esforço para responder, mas as palavras apenas lhe faltaram, como se ela não as tivesse aprendido e repetido ao longo dos quatorze anos anteriores. Teve esse pesadelo algumas vezes quando menina, lembra também agora, embora nunca o tenha esquecido de fato, o pesadelo em que precisava falar, mas não podia, porque algum objeto lhe bloqueava a garganta por dentro, e a sensação no sonho era a mesma de não poder respirar. O homem fez que sim para o nada, se levantou da mureta, desejou boa tarde – boa tarde, dona, ele disse – e se foi. Boa tarde, dona. Aquilo também foi engraçado, já que ela tinha apenas dezesseis anos. Naquela mesma noite, Kerolin dormiu na cama com Roger, o namorado de sua mãe, que já há alguns meses morava com elas e que foi a única pessoa, além de Kerolin e da supervisora de seção, a comparecer no velório. Talvez seja justo mencionar, uma vez que a própria Kerolin mencionaria se pudesse ela mesma contar esta história, que não dormiu com Roger porque ele a houvesse forçado ou qualquer coisa assim. Ela foi sozinha, desde a sua cama, quando já passava das onze da noite, e, durante o curto trajeto entre um quarto e outro, imaginou sua mãe em casa – não reconduzida ao pó, em uma urna de alabastro, sobre o aparador da sala, mas sim na área de serviço, pintando uma parede que ela vivia falando em pintar –, foi sozinha, seguindo um ímpeto como aquele das baratas que saem dos bueiros sob o sol do verão. Esgueirou-se nua sob os lençóis, com um cheiro de suor e velório, e agarrou as costelas daquele homem magro de quarenta e sete anos, um homem que, por sua vez, rescendia a loção de barba, e que, também é bom que se diga, não fez coisa alguma para evitar tudo aquilo. Exceto por aquela noite, jamais estiveram nus no mesmo ambiente, e, além disso, nenhum deles levou qualquer pessoa para que ficasse nua debaixo do telhado que dividiam. Às vezes, Kerolin, em segredo, os imaginava como pai e filha, imaginava coisas de um passado quimérico, como capacetes coloridos e bicicletas com rodinhas, esparadrapos e bandeides com personagens licenciados feijões no algodão e tudo isso, e os imaginava, Roger e ela, mexendo nessas coisas e também em iogurte feito em casa e ovos de galinha no quintal e lupas e insetos se contorcendo sob elas. E ali eles ficaram, por quase cinco meses, na casa alugada no bairro operário, cada um imaginando o que lhe convinha e também o que a vida lhe obrigava a imaginar, e foi assim até que Roger levasse um tiro de um policial militar durante uma abordagem na alça de acesso para a RS-240. Kerolin pensou por um instante, alguns dias depois do acidente – foi com essa palavra, acidente, que outro policial lhe deu a notícia –, pensou por um instante que talvez Roger soubesse que estava para morrer, já que deixou a ela uma carta, escrita semanas antes, em que dizia, ao longo de vinte e sete linhas manuscritas, em esferográfica vermelha e quase sem pontuação, primeiro, como investir o pouco dinheiro que estava sob a última gaveta da cômoda, segundo, que tipo de homem procurar – mas que não o procurasse assim tão jovem –, e, terceiro, como cuidar de sua própria criança quando ela viesse a tê-la.

Aquela criança da carta, antes hipotética, é o menino que Kerolin tem agora no colo, chorando, no instante em que as primeiras luzes do dia entram pela janela do quarto. Como não foi capaz de seguir as instruções de Roger quanto ao dinheiro e à escolha de homens, ou não estaria numa casa de dois cômodos, sem reboco, Kerolin procura acertar agora, nos cuidados com essa criança assombrosamente real. Ela olha através da janela sem caixilhos, para além de um emaranhado de fios presos a um poste, e procura colocar o choro da criança em segundo plano, como um ruído branco, de fundo, sobre o qual a própria vida pudesse acontecer e com o qual é preciso se acostumar, sob o risco de perder os outros sons da existência, como as mulheres que agora conversam na casa ao lado ou o açougueiro gargalhando ou uma briga residual da madrugada anterior. O choro, contudo, é maior que tudo, está sempre na frente do resto, inclusive quando, como neste instante, se torna baixo feito um miado ou mesmo silencioso, e Kerolin sente as próprias pálpebras inchadas e pensa em fígados de galinha e quer jogar o bebê sobre a grade lateral do berço, jogá-lo com as costas sobre isso ou sobre outra coisa, de modo que a espinha se parta e tudo aquilo acabe – e então pensa se está mesmo considerando a hipótese de arremessar o próprio bebê e decide que está, que naquele momento está, e se assombra menos com isso do que com o fato de que não está se assombrando o suficiente. Quer dizer, se houvesse como ela se safar dessa, se fosse garantido, se ela pudesse esconder o corpinho, dispensá-lo em uma caçamba de entulhos ou algo assim, se ninguém por ali, naquela vizinhança, soubesse que junto daquela mulher magra e muito jovem, mas já com o rosto apinhado de melasmas, vivesse uma criança, ela a mataria de fato? Ela poderia pegar essas baratas que entraram durante a madrugada e enfiá-las na goela da criança, uma a uma, primeiro para que a criança não pudesse mais berrar, da mesma forma que ela, Kerolin, não podia falar em seu pesadelo de menina, e, depois, para que sufocasse. Vê as baratas ainda, se esgueirando para trás dos caixotes e dos trecos pendurados nas paredes, e ri de seus pensamentos, uma risada que é como um choro, e pensa que precisa comer algo ou dormir ou talvez até tomar um banho. Senta-se no chão, de costas no tijolo, e sente as saliências do cimento arranhando sua coluna, e chama a criança pelo nome, e passa os dedos por suas costelas e tira um seio de dentro do sutiã – e seu mamilo está inchado e rachado e ela pensa mais uma vez em fígado de galinha e pensa neles congelados, numa gôndola refrigerada ou num freezer, e lembra de como limpá-los e também de uma receita com leite que nunca fez. Kerolin tem muito leite, leite que escorre do peito durante o dia, então pensa que o seu corpo está fazendo o trabalho direito, e que, portanto, deve haver algo nela, Kerolin, no jeito de ela ser, na pessoa que é, deve haver algo em desacordo com aquilo que a natureza exige de uma mãe. Olha para esse corpo, seus joelhos ossudos, os pés cobertos de poeira, as unhas pretas, as pernas com pelos infeccionados de uma depilação com lâmina cega, e pensa que o bebê talvez a considere suja, afinal, ela está suja, imunda, decrépita, arruinada. A casa está imunda também, ainda mais imunda que Kerolin, e talvez o bebê pense que esteja em uma toca, em um buraco no aterro sanitário – as emanações de enxofre, as baratas –, pense que esteja sendo criado como um rato, numa toca cheia de lixo. Olhando ao redor, ele não teria mesmo como dizer que é um bebê, já que bebês vivem em lugares limpos, dormem em berços com mosqueteiros, usam fraldas descartáveis da Turma da Mônica ou mesmo de marcas genéricas da própria farmácia. Talvez imagine que seja um ratão-do-banhado e então esteja se comportando como um deles, um filhote de ratão-do-banhado ou de ratazana do esgoto, que quer beber o leite de sua mamãe rata e não esse leite nojento de mulher. Mas Kerolin só tem esse leite, de mulher, litros dele, leite que molha a camiseta, que às vezes empoça em seu umbigo de mulher junto com o suor e a poeira, formando uma meleca, tem muito leite, enfim, mas não aquele que seu bebê rato espera.

O bebê se contorce, junto ao peito, como um pequeno monstro, e os vasos do pescoço e da testa se pronunciam, como minhocas na carne agora vermelha, uma criança que parece de carne na luz da alvorada, uma criança feita de saquinhos de carne moída, e que sacode os bracinhos que parecem, ela pensa, aquelas tripas de carne moída que saem do moedor de carne. Kerolin tenta colocar o mamilo na boca da criança e a criança o rejeita, como, aliás, fez a noite inteira. Ela então segura a nuca do menino e o pressiona contra o seio, um seio ardente e em chamas, e faz isso menos para alimentá-lo, e mais para que se cale e para que ela não possa mais ver aquele rostinho se retorcendo e dando o testemunho de sua própria incompetência de mulher. A criança se debate e, por fim, fecha os olhos e para de chorar.

Kerolin larga a criança no berço, sobre aquilo que ela chama de colchão, mas que são três almofadas enroladas em uma tolha velha com estampas do Moulin Rouge, e deita no chão, ao lado do menino. Ouve o ressonar da criança, como se um gato, e luta para abrir os olhos que parecem cheios de areia, e olha para o menino, e ele se parece com a cria malformada e prematura de uma ariranha ou de um bicho assim. Mexe o focinho como uma ariranha, ela pensa, uma ariranha, diz, a última delas, e começa a ver os bigodes da criança, vibrando no ar como antenas de barata, e então olha para os lados, em seu quarto, pois já que há uma pequena ariranha, deve haver também uma mãe ariranha, e então conclui que talvez ela mesma seja uma ariranha, e estejam ela e sua cria em uma toca, na beira da lagoa, uma toca que parece um forno de barro, atulhada de baratas que talvez não sejam baratas, ela vê agora, baratas que são um bicho sem nome, já que as ariranhas não têm uma palavra para baratas, e então lembra de outros bichos, na lagoa, e pensa que deve ficar atenta, que não pode sair atrás de uma carpa porque talvez alguém apareça e sequestre sua cria – pensa em tudo isso e está fechando os olhos, a cabeça sobre um dos braços, quando as turbinas do voo 4574, com destino a Confins, rugem sobre a casa fazendo tremer os trecos. A pequena ariranha acorda e olha bem em seus olhos, mostrando, no centro de um choro agora renovado, uma sequência serrilhada de dentes e unhas horrendas com as quais procura atacá-la. Kerolin se levanta e vai até a porta da rua e recolhe o mocho que deixa no lado de fora, sob a janela. Sente os vinte e nove graus do sol de abril, um sol que parece de gelo, e o sol ofusca seus olhos e o calor comprime sua pele. Ela olha para as mulheres na casa ao lado, que pararam de conversar para observá-la, e as cumprimenta e volta para dentro de casa, para o interior do quarto onde a ariranha chora. Não pode mais ver as baratas e, a essa altura, já não há qualquer coisa para ser compreendida.

Danichi Hausen Mizoguchi é psicólogo e psicanalista. Mestre e doutor em Psicologia (UFF), é autor de *Cinco ou seis dias* (2019) e coautor de *Antifascismo tropical* (2020)

Danichi Hausen Mizoguchi
Tanto

> Essas características da transferência não devem, portanto, ser lançadas à conta da psicanálise, mas atribuídas à neurose mesma.
> (Sigmund Freud, *A dinâmica da transferência*)

> "Não é pra tanto, mocinho que usa razão", e eu confesso que essa me pegou em cheio na canela.
> (Raduan Nassar, *Um copo de cólera*)

Pensou no que dizer, que tom usar, quais as melhores palavras, lembrou do Freud, lembrou do Lacan, lembrou do Winnicott, do Ferenczi, da Paula Heimann, do Masud Khan, lembrou do podcast, do vídeo e do texto do Christian Dunker, do supervisor da faculdade que sempre chamava a atenção do grupo de estagiários do qual ela fazia parte sobre a posição de analista, aquilo para o que ela tanto tinha estudado, tanto tinha treinado, do qual tanto tinha falado, e achou que o melhor talvez fosse mesmo ficar quieta, sustentar o silêncio por quanto tempo fosse necessário, até que ele falasse algo, até que a sessão acabasse, porque já sabia fazer isso, porque já podia fazer isso, porque tinha aprendido aos poucos a fazer isso, por mais difícil que fosse, mas depois achou que poderia ser muito estranho ficar em silêncio diante de uma tela de computador, que, definitivamente, não era a mesma coisa que uma poltrona, que um divã, que poderia ter um efeito ruim, de abandono, de não sabia bem o quê, a outra pessoa a quilômetros de distância dizendo que a amava e que morria de medo de perdê-la como já tinha perdido tanta gente na vida e ela com aquela cara de paisagem sustentando o pleno uso da técnica conforme rezavam os melhores guias e manuais, e se ele se sentisse abandonado, rejeitado, se ele perguntasse se ela tinha escutado, se ele perguntasse se a conexão estava boa, se ele não entendesse que aquele silêncio era também um modo de estar junto, de valorizar o que ele estava dizendo, de abrir espaço para que aquele amor e aquele medo pudessem passar, ir, vir, voltar, chegar aonde deveriam chegar, afinal, todos os prós e os contras que ela pesou em mais ou menos dois segundos antes de fingir que ajeitava os fones e perguntar como é que ele se sentia com aquele amor e dizendo que a amava.

    Ao sair do banheiro, ele passou quase colado à porta do quarto, e mesmo sem querer, ouviu as frases abafadas que provocaram um frio na barriga e uma raiva quente que subiu do meio do peito até a cabeça sem que entendesse bem por quê, uma vontade de abrir a porta e ver o que estava acontecendo, de perguntar quem é que estava dizendo que a amava e que ela queria saber como é que se sentia com isso, de ver o rosto dessa pessoa, se era homem, se era mulher, qual era a idade do filho da puta, tudo aquilo que veio rápido, sem controle, e que ele não pôde desviar mesmo que soubesse muito bem que era assim mesmo, que aquele era o trabalho dela, tantas e tantas vezes já tinham conversado sobre isso, porque adorava ouvir ela contar empolgada como se sentia, como respondia, pra onde ela olhava, que cara fazia quando algum paciente dizia alguma coisa constrangedora, violenta, difícil de escutar, e ele já sabia que era assim mesmo que funcionava, que as pessoas podiam dizer tudo o que lhes viesse à cabeça, que as pessoas podiam dizer o que quisessem, inclusive que a odiavam, inclusive que a amavam, que sonhavam que tinham matado ela, que tinham transado com ela, e que estava tudo bem, que deveria estar tudo bem, que ficaria tudo bem, porque ela estava trabalhando, porque aquele era o trabalho dela, e depois de alguns segundos parado na frente do quarto, absorvendo o golpe que não queria ter sentido, foi até a cozinha tomar um copo d´água, aproveitou para lavar a louça que tinha ficado da noite anterior e daquela manhã, se serviu de uma xícara do café que havia passado mais cedo para os dois, e sentou à mesa da sala para mais uma vez tentar avançar ao menos um pouco na escrita da dissertação de mestrado que ele não sabia onde iria dar, porque o semestre letivo estava suspenso, porque não tinha como colher o material empírico fechado dentro de casa, porque ninguém sabia quando poderia qualificar, quando iria defender, o que iria acontecer com as bolsas, com as aulas que ainda precisava fazer, se existiria universidade dali a algum tempo, porque não sabia se realmente levava jeito pra coisa, pra pesquisa, pra docência, e quando ficava nervoso pensando em tudo aquilo, desviava para os grupos de whatsapp, o twitter, os sites de notícia, e ficava olhando os livros empilhados no canto da mesa, abrindo o arquivo com os poucos fichamentos que já tinha feito, o arquivo com os textos que ainda tinha que ler, o arquivo da dissertação, aquelas oito páginas que ele encarava às vezes com tédio, às vezes com desespero, às vezes com culpa, aquela mistura estranha que fazia ele cumprir mais um turno de absoluta procrastinação, sem produzir nada, uma linha sequer, até ela abrir a porta do quarto, sorrir, dizer que tinha acabado e perguntar se ele não queria almoçar.

Se era para ficarem fechados em casa, melhor que fosse juntos, porque já namoravam havia dois anos, porque se davam muito bem, porque ele morava sozinho e não queria passar por aquilo sem companhia, porque se já ia ser difícil passar aquele tempo todo sem os amigos, imagina sem ela, não, não, impossível, porque ela dividia apartamento com três amigas que eram umas queridas, que ela amava de paixão, mas não podia negar que em alguns momentos as coisas azedavam um pouco, questões normais de casa dividida, roupa no varal, louça na pia, vez da faxina, som alto, geladeira, e com as quatro sem sair de casa por tanto tempo, sabe-se lá quanto, cada uma com sua mania, cada uma com sua neura, poderia ser complicado, porque era bom experimentarem ficar um tempo sob o mesmo teto, que era um bom teste pra verem como funcionavam morando juntos, porque dali a pouco tinham que começar a pensar em montar apartamento, que a idade de namorico já tinha passado, porque os dois já estavam formados, vinte e quatro e vinte e cinco anos, que a vida era assim, ia chegando a hora das coisas, e não demoraria muito para estabilizarem nas carreiras, começarem a ganhar uma graninha, e dali pra frente as coisas só iam, aquilo que acontece com todo casal, a casinha com a cara deles, a rotina, o futuro, e que ia ser engraçado contar pros filhos que o que tinha feito eles começarem a morar juntos tinha sido a pandemia que estavam estudando no colégio, que foi porque ela fez uma mala com tudo o que precisava, roupa de frio, roupa de calor, livros, nécessaire completinha, computador, tudo, e foi para o apartamentozinho de um quarto que ele alugava desde o meio da faculdade para uma temporada de não sabia bem quanto tempo.

E se era óbvio que estavam assustados, as notícias dizendo que a doença não parava de avançar, o número de infectados crescendo, o número de mortos crescendo, o presidente fazendo pronunciamento em rede nacional para dizer que era só uma gripezinha, tendo de demover os pais da vontade de ir ao supermercado mesmo fazendo parte do grupo de risco, aquele cenário catastrófico em boa parte do mundo, as imagens de metrópoles completamente desertas, dos hospitais superlotados, das covas rasas sendo cavadas lado a lado, não dava pra dizer que os primeiros dias de isolamento tinham sido ruins, porque era bom saber que a poluição tinha diminuído drasticamente, porque era maravilhoso não ter que pegar trânsito e ônibus lotado, porque estavam ótimos juntos, acordavam na hora que queriam, iam dormir na hora que queriam, tinham todo tempo do mundo para a maratona das várias séries que nunca tinham completado, Nada ortodoxa, Years and years, This is us, porque podiam ver todos os filmes do Netflix que queriam, porque faziam exercícios da Smart Fit juntos no final da tarde, o high five que sempre batiam quando o tá pago aparecia na tela do computador indicando que a sequência do dia havia acabado, o desafio de receitas, da Rita Lobo, do Jamie Oliver, da Bela Gil, cada prato avaliado com notas de zero a dez, o desafio do escondidinho, o prato preferido dela que ele fez com vários recheios e cujo top three foi legumes, cogumelos e carne seca, as lives, do Raça Negra, do Humberto Gessinger, do Djonga, da Ivete, os vídeos do Marcelo Adnet imitando o Moro, o Bolsonaro, o Caetano Veloso comendo paçoca, a festinha de aniversário de um dos amigos, todo mundo meio sem jeito no início, se animando aos poucos, o papo ficando solto, engraçado, até estarem todos dançando, alta madrugada, como costumavam fazer quando estavam juntos, tudo aquilo que era bom e era divertido, mas do que aos poucos também foram cansando, sentindo falta da rua, dos bares, dos amigos, da feirinha orgânica, do cinema, do futebolzinho nas quartas, dos joguinhos na tv, do cotidiano, da vida normal que tinham antes de tudo aquilo começar.

Ela havia se formado em janeiro, animadíssima com o fim de um ciclo, com o começo de outro, com todo aquele futuro pela frente, com a área de atuação que havia escolhido nos dois anos de estágio, depois de quase desistir do curso na metade, entediada com as aulas de estatística, de testes psicométricos, de neuroanatomia, tudo aquilo que felizmente tinha deixado pra trás, aquela chatice toda que tinha passado e da qual ela quase nem lembrava mais quando iniciou as reuniões para montar um consultório junto com cinco colegas já na semana seguinte à colação de grau, a escolha de bairro, o teto de preço, as buscas na internet, as discordâncias em função dos gostos pessoais, as discussões que pararam abruptamente quando no comecinho de março as pessoas passaram a se isolar, na cidade, na praia, na serra, em suas casas, na casa da mãe, na casa do pai, assustadas com as notícias que vinham da China, que vinham da Itália, que vinham da Espanha, que chegavam ao Brasil, o primeiro caso, a primeira morte, o avanço constante da doença que fez com que tudo fechasse aos poucos e com que ela percebesse que ainda demoraria muito tempo para ter o próprio consultório e a poder voltar a atender seus pacientes na clínica da universidade, onde participava de um projeto de extensão, naquelas salinhas que ela conhecia tão bem, onde já sabia se movimentar, como chamar o próximo na sala de espera, como cumprimentá-lo, como abrir a porta, onde deixar a garrafinha de água, como sentar na poltrona, olhar pra janela, olhar pro relógio, encerrar a sessão, se despedir, o tempo que tinha que esperar antes de sair para não encontrar com os pacientes no pátio, tudo aquilo que aos poucos foi aprendendo e que parecia tão diferente de arrumar o quarto, escolher um enquadramento com fundo sóbrio, ligar o computador, medir a distância ideal da câmera, acessar o site de conversas, aguardar o paciente se conectar, colocar o fone de ouvido com microfone embutido e dizer bom dia, aquilo tudo que ela não queria fazer, porque era muito estranho, porque alterava a transferência, porque retirava o corpo do *setting*, porque invadia a privacidade dela e da outra pessoa, porque não se sentia apta, porque em breve tudo ia passar, porque aos poucos as coisas iam voltar ao normal e ela poderia voltar a atender na universidade, a planejar o consultório dividido com os colegas e não precisaria fazer aquelas coisas que evitou até o dia em que recebeu uma mensagem de um paciente dizendo que estava muito mal e que precisava muito voltar a ser atendido, que não dava mais pra esperar, podia ser por telefone, podia ser por Skype, como fosse melhor pra ela, mas que não estava aguentando aquela situação toda, que foi porque ela entrou em contato com todos os pacientes se disponibilizando para fazer os atendimentos online, agendou os horários de cada um, aproveitou que ninguém veria a parte de baixo da roupa pra vestir uma blusinha social e uma calça de moletom velhíssima, que fez com que ela e o namorado rissem às gargalhadas e tirassem uma fotinho antes de ele dizer que ia tomar um banho, desejar bom trabalho e ela fechar a porta do quarto para se concentrar antes de iniciar o primeiro atendimento virtual dos três que faria em sequência naquela manhã.

 E ele disse que ainda não estava com fome, mas que se ela quisesse poderia ir comendo, que não estava muito a fim de cozinhar, que ela teria de ver se tinha alguma coisa congelada, se pedia algo, porque não tinha muita coisa em casa, e ela deu um beijo na cabeça dele, fez um carinho nas costas e disse que podia tentar preparar algo, que ia ver o que rolava, mas que estava animada, com energia, porque os atendimentos tinham sido ótimos, muito melhores do que ela imaginava, que, de fato, as pessoas estavam muito precisadas, que ela deveria ter feito isso antes, que se arrependia um pouco de ter demorado tanto, que era ótimo voltar a trabalhar, fazer o que ela gostava, tirar a poeira do pensamento, que já tava com teia de aranha no cérebro, que estava com aquela sensação boa de se sentir útil, e que na real não era tão diferente assim de atender no consultório, que era só questão de se acostumar, claro que algumas coisas mudavam, sim, sim, mas o básico era o mesmo, e que, na verdade, era um desafio interessante de se enfrentar, imagina, várias questões teóricas, várias questões técnicas, várias questões sobre a função política da psicanálise, talvez até se animasse a fazer um mestradinho com algo que surgisse a partir desses atendimentos, porque era isso, tudo muito novo, mas tudo muito antigo também, ela de pé falando sem parar, excitada com a experiência, com as possibilidades, feliz por ter voltado a trabalhar, sem nem perceber a cara séria e emburrada que ele fazia enquanto escutava sem deixar de olhar para o computador e o silêncio quase total em que ele se manteve até ela dizer então tá, vou ver o que dá pra fazer pra gente comer.

    Três abobrinhas quase velhas que ela encontrou na gaveta de legumes da geladeira, uma metade de cebola, arroz, umas folhinhas de alface e um toquinho de cenoura, um mate gelado pra beber e era isso, já dava pra matar a fome, muito menos pior do que imaginava quando ele disse que não tinha nada, que iam ter que pedir comida, e ela gritou que ia até sair um ranguinho bom, grito a que ele respondeu com um grunhido meio grave, grunhido que repetiu quando ouviu o barulho da abobrinha e da cebola sendo cortadas na tábua, e que virou um puta que pariu, assim não dá pra se concentrar quando ela começou a assobiar Two Naira Fifty Kobo, e ela pediu desculpas, meio assustada, despreparada para aquela reação, foi mal, não vi que tu tava tentando trabalhar, achei que tava olhando as notícias, e ele disse tentando trabalhar é o caralho, olhando notícias é o caralho, eu tô trabalhando, trabalhando, as sílabas pronunciadas espaçadamente, caso tu não saiba eu tenho uma dissertação pra escrever, e escrever uma dissertação exige concentração, exige silêncio, não dá pra escrever com alguém fazendo esse barulho todo do lado, e ela disse que ele tinha razão, que ia ficar quietinha, que não ia mais assobiar, que ia fechar a porta, e perguntou se ele preferia comer na mesa da cozinha ou na da sala, e ele disse que ainda não estava com fome, que ela podia comer, que ele iria comer depois, que talvez fosse fazer só um lanche, não sabia, e ela disse que tinha feito pra ele também, que não gostava de cozinhar só pra ela, ele disse obrigado, mas agora não quero, ela disse que não precisava querer, que não era obrigação, mas que estava ótimo, e comeu o arroz com abobrinha e a salada sozinha na mesa da cozinha, ouvindo música no celular com o fone de ouvido, e quando terminou, guardou tudo na geladeira e disse que era só ele esquentar, que tinha ficado uma delícia, e que ia tirar uma pestana rápida, porque estava cansadinha dos atendimentos da manhã, que se passasse de uma hora era para ele acordá-la, por favor, que não queria perder a tarde toda dormindo, que já chega daquela vida.

    Menos de meia hora depois ela já estava sentadinha na cama, com o caderno em que anotava questões sobre os casos clínicos na mão, escrevendo coisas importantes das sessões da manhã, lembranças, passagens específicas, concatenações, incompreensões, conexões teóricas, as coisas que ela costumava anotar no estilo próprio que foi aos poucos montando e que achava ao mesmo tempo engraçado e importante, um bloco de páginas do caderno para cada paciente, a data do atendimento escrita à caneta vermelha no topo, uma breve narrativa da sessão em azul, e, por fim, em preto, as conexões que ela tinha feito, e era já nessa parte final do primeiro atendimento que ela estava quando ele abriu a porta do quarto e perguntou o que é que ela estava fazendo, e ela disse que estava registrando as coisas das sessões da manhã, anotando detalhes, que era bom pra não esquecer, que não gostava de fazer isso logo depois das sessões, porque tava ainda muito colada, muito presa, muito quente, mas que também não podia deixar passar muito tempo, pra não esfriar demais, e que preferia assim, que esse tempinho era o ideal, e com esse soninho no meio pra ficar mais perto do inconsciente era perfeito, que ficava parecido com a escrita automática dos dadaístas e dos surrealistas, escrever sem muito controle, sem muito filtro, aquele tipo de escrita que o André Breton e o Tristan Tzara eram craques, que ela tinha feito inclusive uma matéria optativa na faculdade que falava disso, que era um professor jovem das Letras que tinha dado, um cara que estudava psicanálise e literatura surrealista, e que estava tentando colocar um pouco em prática aquilo, e que inclusive tinha tido um sonho muito engraçado, que foi quando ele cortou e disse que só queria saber o que ela estava fazendo, e se era muito difícil ela responder que estava escrevendo no caderninho, só isso, que não queria saber qual tempo era o ideal, que não queria saber de escrita automática, de matéria optativa, de professor das Letras, de sonho, de nada daquilo, e que era sempre assim, que ele não podia fazer nenhuma perguntinha simples que ela já desandava a falar que nem uma matraca, como se a vida dela fosse a coisa mais importante do mundo, como se só houvesse as coisinhas dela, como se nada mais importasse, como se ele não tivesse outras coisas pra fazer além de ficar horas parado escutando o que ela tinha a dizer, que não sabia que dificuldade era aquela de só responder à pergunta que ele fazia, simplesmente responder a uma pergunta, e que só tinha ido até o quarto porque caso não lembrasse ela tinha pedido para ele acordá-la naquela hora, mas parece que não tinha sido necessário, e se era assim ele podia voltar pra sala, que ele não ia mais atrapalhar, que ela podia seguir na escrita automática de sei lá eu quem, que, pelo visto, era uma coisa muito importante pra ela.

 E depois que ele bateu a porta, ela ficou ali mais um tempo, triste, pensativa, a cabeça atirada no travesseiro, o lençol cobrindo o corpo da cintura pra baixo, o caderninho na barriga, achando aquilo estranho, aquele mau humor dele, aquela grosseria, aquilo que ela não sabia bem de onde vinha, ele que parecia tão bem-humorado de manhã, que fez graça com a roupa dela, que deu a ideia de tirarem aquela fotinho na frente do espelho que ela abriu no celular, os dois sorridentes, ele abraçando a cintura dela, ela abraçando ele na altura do ombro, os dois com as linguinhas pra fora, e depois aquilo tudo, tão diferente, diferente do que ele era, diferente do que eles vinham sendo, tão entrosados naquele fim do mundo que estavam vivendo, aquele apocalipse sem sentido, é claro que de vez em quando eles se desentendiam, como todo mundo, alguma situação irritante, alguma coisa que a outra pessoa fez, mas um pedido de desculpas, um carinho, uma conversa sempre acertava as pontas, mas sem saber o que tinha acontecido era meio impossível, e que, às vezes, era quase impossível entender o que os homens querem, que era o que ela achou que era o melhor a se fazer, entender, conversar, e se levantou, e foi até a sala, e viu que ele estava deitado na rede, e chegou perto, se agachou, e perguntou se estava tudo bem, se tinha feito alguma coisa errada, que se tinha feito alguma coisa que ele não tinha gostado ele podia falar, mas que ele precisava falar, senão, ela nunca poderia saber, e talvez fizesse de novo mesmo sem querer, e ele disse que não tinha nada errado, que estava tudo bem, que não entendia por que ela achava que tinha alguma coisa errada, que estava querendo dormir e ela estava atrapalhando com aquela enchação de saco idiota, e ela disse que tudo bem, que não ia mais incomodar, bom descanso, mocinho, e foi até a cozinha, e viu que ele tinha almoçado o rango que ela tinha feito, porque o pote em que tinha posto o arroz com abobrinha estava no escorredor de louça, e ela pegou dois quadradinhos da barra de chocolate que estava no armário e voltou para o quarto.

E o resto da tarde foi assim, cada qual no seu canto, ela deitada na cama, fazendo as coisas dela, terminando de relatar as sessões da manhã no caderninho, relendo as anotações de atendimentos anteriores, marcando supervisão, conversando com as amigas e com a mãe no Whatsapp, acompanhando o feed do Facebook e do Instagram, ele na sala, vendo vídeos e ouvindo música no celular, atirado na rede, atirado no sofá, cada qual na sua telinha, cada qual no seu mundo, até que já fosse noite fechada e ainda estivessem cada um em um cômodo, e ela saiu do quarto e disse que ia fazer um misto quente, e perguntou se ele queria, que podia fazer pros dois, e ele riu e perguntou se ela iria queimar daquele jeito que sempre queimava, que era uma brincadeira que ele sempre fazia quando ela dizia que ia fazer um misto quente e que ela achava graça, porque, de fato, sempre se distraía e deixava um dos lados meio torrado, o lado que ela deixava virado para baixo quando servia, como num segredo que era só deles, mas ela sentiu que dessa vez a brincadeira vinha com uma violência que nunca tinha vindo antes, porque ele riu só pra ele, porque ele não chamou ela para rir junto, porque ele não riu e disse com uma vozinha meio infantil que era impossível não querer o melhor misto quente do mundo, naquele ponto perfeito que só ela sabia fazer, que era o que ele dizia do misto quente que comia depois de raspar com uma faca os queimadinhos que ela deixava sem querer, porque ele disse que iria comer outra coisa, e depois de dizer isso, voltou imediatamente os olhos para o celular, e ela foi para a cozinha, fez e comeu o sanduíche sozinha, e tomou um chá de camomila e disse para ele que estava indo para o quarto de novo, que iria ler um pouco, mas que já estava um pouco cansada e que não iria dormir muito tarde, e ele só disse ok, que ia ficar um pouco mais na sala, que não sabia quanto, que ainda não estava nem perto de estar com sono.

E quando ele foi para o quarto, era já começo da madrugada, e depois de olhar por alguns instantes o sono calmo dela, deitada de lado, o cabelinho na cara, as mãozinhas sustentando a cabeça, um dos pés para fora do lençol, ele colocou o pijama que estava sob o travesseiro, jogou a roupa na poltrona e se deitou, e o peso dele fez o estrado de madeira ranger baixinho, o colchão se mexer um pouco e o lençol subir, e um pouco dormindo e um pouco acordada, com os olhos fechados, ela disse oi e foi tateando a cama, procurando o corpo dele, e ele ficou parado como estava, barriga pra cima, imóvel, os ombros tensos, o maxilar travado, os dedinhos pequenos e finos dela roçando os pelos do peito, a barba, o cantinho da boca, a orelha, e ele foi aos poucos respirando mais fundo, e a musculatura contraída de um dia inteiro foi se acalmando, e a raiva que ele sentia por sentir aquela raiva que não entendia muito bem foi lentamente se desvanecendo nas unhas pintadas dela, e um pouco antes de adormecer, abraçado nela, ele pensou que a amava muito e que morria de medo de perdê-la.

Paulo Gleich é jornalista e psicanalista, membro da Associação Psicanalítica de Porto Alegre (APPOA)

Paulo Gleich
A distância

Quarta, 11 de abril

Então, hoje resolvi começar a escrever esse diário porque decidi também, depois de muito tempo, começar a fazer terapia. "Não é terapia, é análise", quase consigo ouvir a Ju falando, e eu revirando os olhos pra ela, porque nem aguento mais discutir de tanto que a gente já brigou por isso. Ok, é análise. Resolvi procurar uma psicanalista, nem tanto porque eu quisesse, mas de tanto que a Ju encheu meu saco. Ela já faz análise desde que era adolescente, e inclusive com o mesmo analista, o que me faz pensar que esse negócio aí tem que ter algo de errado pra depois de tantos anos ela ainda precisar se tratar. Que tipo de terapia é esse que tu nunca tem alta? Eu acho no mínimo suspeito. Não é assim que funciona, ela me diz, a gente vai descobrindo um monte de coisa e quando vê, já esqueceu do problema que tinha lá no começo. Mas por que tu continua indo então?, eu pergunto, e aí ela não sabe explicar bem, mas diz que aquilo ajuda ela a viver melhor, é tipo exercício físico, não adianta fazer por um tempo e parar, mas que se não fosse pela análise, ela provavelmente estaria muito pior, e provavelmente não ia estar namorando comigo. Eu desconfio que esse é o argumento cala-a-boca dela, quase uma ameaça, e foi bem mais do que uma quase-ameaça o que ela fez quando eu disse que queria procurar um psiquiatra por causa da minha ansiedade. "Nem pensar! Agora tu vai é procurar um psicanalista. Chega de tentar resolver teus problemas com remédio, chega de tapar o sol com a peneira, tu tá todo atrapalhado, não consegue parar num trabalho, briga com todo mundo e ainda por cima descarrega tudo em mim, assim não dá mais. Se tu não for procurar um analista, eu não sei se a gente consegue ficar juntos por mais muito tempo..." Foi isso que ela me disse. Acho que isso é culpa da análise dela: tudo agora é a análise que resolve, e ainda por cima faz chantagem com isso.

Mas ok, resolvi ceder. Primeiro, porque, apesar de a gente brigar o tempo inteiro, eu ainda amo muito a Ju, e não quero perder ela de jeito nenhum. Nem sei o que seria de mim sem ela. E, sendo sincero comigo (afinal de contas, é pra isso que serve diário, né?), eu tô meio fodido mesmo. Meio não, bastante. Já é o terceiro emprego em dois anos, e tudo indica que esse não vai mais durar muito. Não aguento aquelas pessoas do escritório, meu chefe escroto, o trabalho chato. Briguei com toda a família no último Natal por causa de política e até agora não tô falando direito com ninguém. Tem os amigos, mas não ando a fim de ver eles. Parece estar todo mundo bem, a vida indo adiante, e só eu ali no meio, o *loser* da turma. A única coisa que consigo me concentrar é nas séries e no videogame, mas isso não é exatamente um mérito, mais ainda aos 27 anos. Tá bom, eu vou dar uma chance, eu disse, e no dia seguinte ela já me passou um whats com o nome e o telefone da minha futura analista: Laura. Mandei um whats pra Laura, ela me respondeu só de noite perguntando se podia ligar. Putz, eu pensei, quem é que ainda fala por telefone? Mas tudo bem, respirei fundo e disse que hoje não podia porque tinha compromisso – o que é mentira, mas eu não queria falar com ela hoje, ficamos de combinar amanhã. Se isso não servir de nada, pelo menos posso dizer que tentei e vou ter um pouco de sossego da Ju.

Terça, 17 de abril

Hoje foi a primeira sessão com a Laura. Foi engraçado, porque quando a gente falou pelo telefone na semana passada, eu imaginei ela de um jeito meio sisudo, formal, e por alguma razão achei que fosse loira, talvez porque lembre de ver as estudantes de psicologia na faculdade, que eram quase todas loiras. Ela não apenas não é loira mas é morena, baixinha, gordinha, meio jeito de nerd, mas até que simpática. Pelo menos eu não corro o risco de me apaixonar pela terapeuta, eu pensei, mas também pensei que, pelo meu histórico, que o analista da Ju conhece bem, ele deve ter pensado em indicar uma analista que não seja bonita quando eu disse que queria que fosse uma mulher. Mas o que me chamou a atenção foi a voz dela, apesar de ela ter falado bem pouco. Era tranquila e acolhedora, mas sem ser condescendente ou simpática demais. Já ganhou um ponto, porque pra mim psicanalista era tudo um pessoal meio velho, meio serião, meio frio, sei lá. Mas ela até que foi legal, e também não parece ser muito velha, deve estar na casa dos 30. Vamos ver se ela tem bala na agulha pra me ajudar com os meus problemas, que ela, com certeza, não conhece tão bem como eu, duvido que tenham ensinado na faculdade o que fazer com uma situação como a minha.

Quando eu sentei na poltrona (a Ju tinha me explicado que a gente não vai direto pro divã, o que me deu um alívio, porque não curto a ideia de ficar falando com alguém atrás de mim que eu não consigo enxergar e pode estar fazendo qualquer coisa que não me ouvindo), ela me perguntou o que me fez buscar uma análise. Eu falei, rindo, que tinha sido a Ju, minha namorada, que tava botando pressão pra eu começar a fazer análise, por isso eu tava ali. Ela não achou graça, ou pelo menos não riu, e perguntou "então tu veio porque a tua namorada quis?" Bah, me subiu um calorão, quase larguei um desaforo, mas aí me dei conta de que do jeito que eu falei parecia isso mesmo, que eu tinha vindo mandado pela Ju, aí falei que não era bem assim e comecei a falar das coisas que tavam me incomodando. Nem sei direito como aconteceu, quando eu vi eu tava falando dos meus colegas idiotas, do palhaço do meu chefe, do ódio que eu tenho do meu trabalho, do perrengue que foi terminar a faculdade, da briga no Natal por causa do escroto do tio Zé que é bolsonarista e que todo mundo defendeu ele quando eu encostei ele na parede, perguntando se pra ele tava tudo bem que o sobrinho dele fosse morto só por ser quem ele é. Voltei a sentir toda aquela raiva de novo, parecia que tinha sido ontem. Aí acabei falando da minha família, do meu pai babaca e da minha mãe sempre insatisfeita com tudo, dos meus irmãos que me tratam como se eu fosse um alien, até da tia Carla que é a única que presta, mas que eu não vejo nem falo faz tempo, porque ela mora na Itália, mas quando falei dela me deu saudade e eu quase chorei, acho que deu pra notar. Acho que me emocionei também porque alguma coisa no olhar da Laura me fez lembrar dela, mas deve ser só viagem minha.

Quando eu achei que tinham passado uns 20 minutos, ela me disse que tava acabando a sessão, e que precisávamos seguir conversando. Quando eu perguntei quanto custava, ela me disse que a gente ainda ia falar disso, primeiro tinha que me conhecer melhor e que eu também tinha que conhecer ela um pouco, pra saber se vai ser possível trabalhar juntos. Aí eu insisti pra saber o valor da sessão, até pra eu saber se vou poder pagar, e ela me disse pra pensar sobre o que eu me disponho a pagar. Achei estranho, mas tá, análise pelo jeito é um troço estranho mesmo, aí só marcamos pra segunda que vem e me despedi, sem beijo nem aperto de mão, sei lá como se faz isso com analista, tudo parece meio esquisito com esse pessoal.

Segunda, 23 de abril

Passei a semana toda pensando naquilo de quanto eu me disponho a pagar. Primeiro, fiquei pensando que ela queria saber quanto eu posso pagar, tipo quanto dinheiro eu tenho, mas depois fiquei pensando nisso de "me disponho", que não é bem a mesma coisa, porque eu *posso* poder pagar X mas só *me dispor, me sentir disposto*, a pagar, sei lá, metade. Viajei nisso. Tanto é que quando cheguei foi a primeira coisa que eu falei, nem dei bola pro que ela ia achar, falei tudo o que eu tinha pensado na semana, que eu até podia pagar mais, mas que não era a isso que eu me dispunha, porque eu nem sabia muito bem o que era isso ali e se funcionava pra mim. Ela só me ouviu, daquele jeito, não pareceu ficar incomodada nem achar muita viagem, só disse ok, vamos falar mais disso adiante, e o que mais? Aí me deu um branco, porque eu só tinha pensado nisso durante a semana em relação à terapia.

Rolou um tempão de silêncio, ela ficou me olhando daquele jeito dela, sereno, enquanto eu me retorcia por dentro tentando pensar em alguma coisa pra falar, mas quando me dei conta, comecei a contar do que tinha acontecido na sexta no trabalho, uma briga que eu tive com meu chefe, e quando vi acabei falando de uma briga que eu tive com meu pai muitos anos atrás, uma briga que eu não esqueci porque meu pai quase nunca briga, mas aquele dia ele brigou feio, me falou horrores, me disse que se sentia decepcionado comigo, com tudo o que tinha investido em mim eu só pisava na bola, perdia semestre na faculdade, arranjava suspensão, etc. Não tinha esquecido da briga, mas acho que tinha esquecido como aquilo me deixou mal, e quando eu contei eu senti tudo aquilo de novo, me deu uma raiva, mas também fiquei triste, sei lá, meu pai é sempre aquele banana, e um dia do nada ele explode e me detona junto, foi uma merda. Acho que ele quis me dar um empurrão pra eu melhorar na faculdade, mas acho que só foi pior, acabei atrasando mais um ano ainda a formatura depois daquilo. Meu pai continuou pagando a faculdade sem falar mais nada, acho que minha mãe deu um chega-pra-lá nele, mas, no final das contas, eu me formei e agora tô aqui, trabalhando com uma coisa que eu odeio. Aí ela me perguntou por que eu escolhi a engenharia civil, já que eu odeio tanto. Falei que não sabia bem o que fazer, mas que achava que com isso eu ia conseguir ganhar alguma grana, sei lá, mas aí me veio de novo na cabeça meu pai, que queria ser engenheiro mas não passou no vestibular, e como os pais dele não tinham grana, ele teve que ir trabalhar, e acabou só fazendo um curso técnico de desenho, que era o que ele podia pagar com o dinheiro que ganhava. Eu até acho que ele meio que gosta do que faz, mas no fundo eu sinto que ele continua frustrado até hoje por não ter feito engenharia. Mas aí achei ridícula demais essa ideia, por que eu ia estudar o que ele queria pra ele?, e por isso só fiquei quieto, pensando nisso, porque achei que era forçar a barra demais. Aí ela acabou a sessão, e de novo não falou do pagamento, e dessa vez eu nem falei nada, só marcamos mais uma sessão e era isso. Ainda não faço a mínima ideia de qual sentido faz ficar só falando dessas coisas, mas ok, vou dar mais uma chance. Pelo menos tô botando pra fora o que eu sinto sem ficar sendo criticado o tempo todo.

Quarta, 2 de maio

Hoje a sessão foi uma viagem. Na noite passada, eu tive um

sonho bizarro, onde eu me olhava no espelho e via meu pai, mas quando eu olhava pro meu próprio corpo, eu via eu mesmo. Aí parecia que ele queria falar alguma coisa, ficava hesitante, eu dizia "fala, pai!", e quando ele finalmente abriu a boca, eu ouvi a voz da minha mãe, que dizia que não era pra fazer aquilo ou então meu pai ia ficar muito triste. Deu um ruim nessa hora, a boca do meu pai se mexendo, mas a voz da minha mãe falando. Mas quando eu contei o sonho, eu vi que até que fazia algum sentido, porque era quase só a voz da mãe que a gente ouvia lá em casa, até quando era pra dar ordens que vinham do meu pai. Quando falei isso pela primeira vez, percebi uma reação da Laura, ela meio que ergueu as sobrancelhas, não era bem uma expressão de surpresa, mas como se ela tivesse tido um *insight*, mas, na verdade, foi pra mim que caiu uma ficha, de como eu sabia pouco do meu pai, quero dizer diretamente do meu pai, porque quando eu era criança ele quase nunca tava em casa, era minha mãe que falava pelos dois, e agora que ele se aposentou ele até tava mais em casa, mas na maior parte do tempo era como se não estivesse.

    Aí ela me perguntou o que eu pensava sobre isso de me olhar no espelho e ver o meu pai, e foi muito estranho, porque na hora eu me lembrei de quando eu era pequeno e ia no banheiro escondido e pegava o barbeador dele e fazia de conta que me barbeava, e que uma vez a minha mãe me pegou e xingou, disse que o pai ia ficar muito brabo se soubesse daquilo, que da próxima vez ela ia contar pra ele, aí nunca mais fiz, com medo de deixar o pai chateado comigo. Aí eu lembrei de um monte de coisa, nem sei mais direito o quê, meus colegas de colégio me zoando e às vezes até me batendo, as gurias olhando de lado e com desprezo e deixando bem claro que era de mim que falavam nas panelinhas delas, meus irmãos me sacaneando porque eu era o menor e mais fraco, e minha mãe fazendo de conta que tava tudo normal. Nem deu tempo de falar tudo que me veio, comecei a chorar, e fiquei com raiva de chorar porque tava me sentindo exposto, pensando que a Laura devia achar aquilo tudo mimimi, ora bolas, já faz anos, mas ela ficou ali, daquele jeito dela, me olhando serena, acho até que tinha um pouco de compaixão no olhar dela, pelo menos foi o que pareceu, mas talvez foi só o que eu mesmo senti, porra, eu me sentia muito sozinho. Mas aí me deu uma raiva porque lembrei de novo do meu pai, que na maioria das vezes tava com o olhar ausente, mas às vezes olhava de um jeito parecido, sei lá, parecia pena, mas ele não falava nada, e eu ficava ali, brabo, esperando que ele falasse alguma coisa. Aí já tinha acabado a sessão, de novo não falamos de pagamento, mas dessa vez pelo menos marcamos praquele primeiro horário da terça, que essa semana não deu por causa do feriado. Sei lá por quê, mas eu gostei daquele horário, de manhã, o ar tava mais limpo e a minha cabeça também, espero que seja o meu horário fixo daqui pra diante.

Terça, 8 de maio

Hoje eu perdi a sessão. Acordei tarde demais, a noite foi um inferno porque fui dormir brigado com a Ju. Às vezes, ela se acha coberta de razão sobre tudo e inclusive sobre mim, aí ficou dizendo como eu tinha que fazer no trabalho, por que meu chefe se incomodava comigo, aí eu estourei e disse que agora eu já tinha a Laura pra prestar contas das minhas coisas, não precisava mais dela fazendo de coach. Aí ela ficou toda magoada, chegou até a lembrar como minha mãe fica quando tá frustrada, fiquei todo culpado tentando consertar, entramos a madrugada discutindo relação e acabei dormindo demais pra recuperar o sono. Mandei um áudio pra Laura pedindo desculpas, disse que tinha ficado trabalhando até tarde, se ela tinha um encaixe naquele dia, mas ela só tinha horário na sexta, então ficou assim. E pior que hoje foi a primeira vez que eu tive vontade de ir de verdade, fiquei puto quando acordei, mas ok, sexta então.

Sexta, 11 de maio

Sei lá o que me deu, mas acabei contando a verdade pra Laura sobre terça, porque a briga com a Ju não me saiu da cabeça e precisei falar daquilo, aí acabei contando que foi por isso que não fui.

Ela pareceu nem se importar, mas quando eu falei aquilo da reação da Ju, ela quis saber mais, só que do que eu pensei e senti com a reação dela. Aí falei de como ficava culpado toda vez que ela ficava chateada comigo, que eu tinha muito medo de perder ela porque ela era a minha primeira namorada, porque tinha me aceitado como eu sou, e eu não imaginava a vida sem ela. Mas também comecei a me dar conta de que não era bem assim isso de me aceitar como eu sou, porque em relação a um monte de coisas ela, na verdade, não me aceitava, tinha que ser do jeito dela ou senão tinha briga, choro, chantagem, ameaça. Fiquei ainda mais de cara com a Ju do que eu tava, o que me deu uma raiva porque eu esperava sair de lá melhor em relação a isso.

Aí a Laura me perguntou sobre me aceitar como eu sou, e me deu um frio na barriga, porque eu até agora não tinha falado nisso, e lembrei de um baita medo que sempre me deu isso de fazer análise, porque eu ia ter que falar disso e eu não aguentava mais, já tinha falado pra todo mundo, já tinha feito textão atrás de textão no *Face*, já tinha brigado com meio mundo e também não tinha mais o que falar, mas pra ela não, já que não tinha falado nisso. Aí contei como foi que começou, lá atrás, quando eu não conseguia me entrosar com as meninas, sempre me dei melhor com os meninos, e durante um tempo isso foi até que ok, jogava futebol e como era bom de bola, eles me chamavam, as gurias meio que estranhavam mas não dava nada. Mas aí ali pela sexta série os guris começaram a me evitar, as gurias se afastaram ainda mais, e eu acabei ficando meio isolado, só com o Pedro, que era outro excluído porque era gordo e nerd, e aí eu acabei virando meio nerd também só pra não ficar tão sozinho, e até hoje ele é o meu melhor amigo. (Aliás, a Laura até me lembra um pouco ele, mas claro que eu não falei isso pra ela, vai que ela se ofende e resolve não me atender mais.)

Mas foi só mais tarde, ali no segundo ano, que eu comecei a pensar que não era só coisa de não me identificar com as gurias e sim com os guris, mas que eu nem me percebia como uma guria. Lá em casa meio que nunca tinha sido um problema, porque meus dois irmãos mais velhos são guris, e meus pais sempre nos trataram meio igual, e eles sempre me trataram meio como guri também, então na minha cabeça eu era mais guri que guria. Só que em plena adolescência aquilo deu um nó na minha cabeça, e foi aí que eu me dei conta que eu era um trans, só podia ser.

Enquanto eu contava tudo isso, eu ficava só cuidando a reação da Laura, pra ver se alguma coisa entregava que ela é transfóbica, que ela achava que isso é uma doença, essas coisas que, por incrível que pareça, a gente ainda ouve por aí em pleno século 21. Mas ela ficou ali, daquele jeito, me ouvindo, me ouvindo, e eu segui falando. E me dei conta que nunca tinha falado daquele jeito, porque quando eu falei pros outros, eu só falei que eu era trans e quando me perguntavam alguma coisa eu brigava, quando falei pros meus pais, minha mãe disse que pra ela tudo bem, que ela me amava igual, até brincou que preferia filho homem, mulher é muito complicada, e meu pai só ficou quieto, me olhando daquele jeito triste, mas no final me deu um abraço e disse que, se a filha dele agora era um menino, então ia ser filho dele.

Bah, daí me deu um troço: me lembrei daquele sonho do espelho, me lembrei da briga, do barbeador, das palavras que eu esperava do meu pai mas que nunca vinham, do meu chefe e dos meus colegas, do trabalho que eu odeio e que parece que não fui eu que escolhi, e de como todas essas coisas parecem estar conectadas por algum fio invisível que eu não entendo muito bem qual é, mas que eu queria descobrir e entender. Falei tudo isso pra Laura, que me disse que tinha chegado a hora de falarmos do nosso contrato de trabalho, portanto, também do pagamento. Eu nem tinha mais pensado nisso, mas na hora que ela falou, eu, de repente, me dei conta de que alguma coisa tinha mudado, lá da primeira sessão para a de hoje. Assim como eu agora me sentia estranhamente próximo, mesmo sem saber nada dela, aquela distância que tinha lá no começo entre os dois valores, o que eu podia pagar e o que eu estava disposto, tinha ficado bem menor.

Priscilla Machado de Souza é poeta, bailarina e psicanalista. Membro da Associação Psicanalítica de Porto Alegre (APPOA), é autora de *A função po-ética na psicanálise: sobre o estilo nas psicoses* (2018)

Priscilla Machado de Souza
A persiana

A persiana a meio mastro indicava o estado contido e entreaberto do café. E esta não era a paisagem habitual de quintas às sete. Como em um antigo quadro de museu, sempre se podia contar com ver o Jorge colocando a última cadeira na rua e, no mesmo compasso, a Rose virando o rótulo desgastado de alguma garrafa; destas que contêm flores de algum campo impreciso. Talvez ela achasse que ninguém saberia que aquelas suas mimosidades – as garrafinhas –, longe de serem virgens, já tinham abrigado algo a sorver. Possivelmente algum destes sucos gourmetizados que trazem poucas notícias da safra.

No café, aguardar é uma atividade. São vários minutos que envolvem passar os olhos pelos jornais tediosos de sempre, ver as revistas desgastadas pelo tempo e pelo folhear babão das mesmas mãos. Também passa pela espera, o reclamar internamente. Talvez o casal pudesse investir em revistas mais novas. Ou então, aguardar é simplesmente dar-se conta de que quase todas as revistas presentes são conservadoras, algumas ao extremo. E, de posse desta constatação, sopesar se isso é para agradar a clientela do bairro chique ou se exprime a opinião da casa. Melhor não saber.

Aguardar ainda envolve fingir que não vale a pena se apegar ao reacionarismo do Jorge, porque, no fundo, ele é um bom sujeito. Além disso, é o único café da região que abre às sete. À falta de alternativas, este devaneio pode culminar no início da trama de uma vingança: a abertura de um café progressista na região. Por certo, será bem em frente ao clube Sacoleiros Viandantes, muito próximo ao local onde costumam prostrar-se alguns adoradores de coturnos da cidade. Nele, duas enormes bandeiras LGBT servirão de carranca para afugentar conservadores. Lá dentro, somente livros lidos e bem vividos, quem sabe um pouquinho sublinhados. Não muito, nada a ponto de embaçar a leitura do visitante. Estarão dispostos deliciosa e despojadamente pelos cantos. Nos alto-falantes, pianamente, Luedji Luna, Letrux, Chico César e Itamar Assumpção como *default*. E, em dias mais amenos, Cazuza, Caetano, um Bowie antigo para intercalar. Para servir à melancolia, vai Bethânia cantando o outro Chico. De certo em volume mais alto, permitindo chorar pelos cantinhos. Elis e Mercedes para oscilar entre dor, revolta e êxtase. E, na dúvida, sempre Nina Simone. Culinária vegana e orgânica, iguarias vindas do MST ou de alguma comunidade indígena ou quilombola. Comidas engajadas com taxa de sofrimento, impacto ambiental e exploração rumando a zero. Um belo cortado com leite de sementes. Isto! Com pirocas na espuma do leite envoltas em um coração. Aí... Melhor não. Demasiado falocêntrico!

Com espuma ou sem?, Rose sempre pergunta. É sempre *com*, mas parece extraordinário que ela possa supor que algo seja mutável. A pergunta dela faz Amarante interromper o devaneio. Assim, meio cortado, ele termina a odisseia mental concluindo que basta trazer suas próprias revistas para ler. Ele sempre pensa sobre isso e este pensamento sempre o pensa. Faz parte do aguardar. Tem o ímpeto da gentileza, nem se dá conta, mas tem. Por causa deste ímpeto vacila alguns passos quando vê a persiana entreaberta naquele dia... Incomodar não é seu hábito, não lhe veste bem. Contudo, confiado em sua boa conduta de cliente, Amarante se aproxima quase sem temer ser rejeitado.

A potência e a violência do café moído na hora, aplastadas pela candura do leite, fazem Amarante se sentir filhote de bicho homem de novo, etapa em que ainda pode decidir ser selvagem. O cortado sempre precede as listas mentais antes da sessão. *O que dirá desta vez?* Está há seis anos em análise e, há pelo menos três, na mesma cantilena. *O que dirá desta vez?* O cortado sem açúcar, mas com espuma, o coloca na confiança de um roteiro que nunca segue. *Hoje!* É o que diz para si quando pensa que deve contar que, eventualmente, ainda recorre à cocaína. Mais intensamente perto do Natal, é verdade, ainda assim, é muito duro admitir. *Hoje!* É o dia em que vai dizer que ainda *googleia* teoria psicanalítica para saber se está sendo bem atendido. *Hoje!* O cortado decidiu: vai ser possível falar sobre Soledad.

Em uma manhã de chuva indecisa e preguiçosa, Amarante chegara ao café como de costume. Sentia um incômodo por entrar assim tão melado de chuvisco. Passava-lhe pela cabeça sentar-se na rua e deixar que a chuva terminasse o serviço que começara sem pressa. Era um disparate. *Ela* não iria gostar de ter seu divã molhado, pensava. Mas, de todos os modos, não havia garrafinhas na rua. Uma vez cortadas, parece que as flores do campo são como os pets; não gostam de intempéries. A proximidade da porta fazia crescer uma risada frouxa e farfalhante de mulheres. Amarante anteviu duas clientes, mas não, Rose era uma das mulheres. Ela ria muito alto com outra mulher de riso largo, aberto. Esta também não media decibéis, porém possuía uma sonoridade diferente.

Soledad aparentava estar no fim da carreira dos trinta. Era bonita no básico e espetacular nos detalhes: um sorriso pleno, de boca e olhos sem economia. O rosto redondo de deliciosos quilos a mais, a pele preta retinta e os cabelos recém-trançados. Um tempo depois, em um diálogo pós-transa, Amarante descobre o porquê daquele riso todo. Soledad entrara no café somente porque estava apertada para fazer xixi. Pedira uma água e também para usar o banheiro. Apesar do portunhol de um mês de Brasil, Rose compreendera bem. *O papel higiênico está em cima do vaso!,* avisara. Soledad ficara, então, andando em círculos pelo salão do café à procura de um rolo, ou pedaço que fosse, de papel higiênico em cima de... copos! *Señora, perdón! Cúal vaso?* Soledad contava e revivia a graça, dizendo que Rose a olhava com cara de carimbo, congelada de perplexidade, até que ela mesma se dera conta do equívoco, acessando as parcas aulas de português que frequentara antes de vir ao Brasil. Quando Amarante chega, o que presencia é apenas o desenlace: o gargalhar da reverência ao equívoco e o triunfo da compreensão mútua.

Soledad se senta e pede: ¡*Una esencia!* E, como quem percebe que se atrapalha, diz: ¡*Perdón!, un pasado, por favor.* Decide ficar, quem sabe, animada pela calentura do episódio que interrompia a habitual mecanicidade cordial de Rose. Ao fundo, Jorge. Mui plantado em uma das últimas mesas, daquelas que nenhum cliente escolhe, porque mesmo se assim quisesse, provavelmente, estaria ocupada com um funcionário encolhido comendo, mantimentos

por guardar ou contas por fazer. Estava lá, então, Jorge e a sua calculadora. Ele contentando-se em modular a cena no levantar e baixar de óculos a cada 20 segundos. Amarante sentou-se um pouco atordoado pela ruptura do quadro de museu, mas fez questão de aferrar-se ao fio de sua ritualística. Rose estava tão bagunçada quanto bonita, com suas rosáceas de mulher da serra. Mas Amarante achou esquisito que ela tenha simplesmente dito, sem nem ao menos ter deixado o tempo para confirmar: é com espuma, né? E, ainda por cima, Amarante teve a impressão de que Rose cantarolava, quase bamboleante. Definitivamente, ela saíra do modo zumbi de ser com a presença de Soledad. Talvez nem ele, nem a própria Rose tenham percebido, mas era uma melodia inédita, um momento de criação inadvertida, no deleite de um despropósito. Do canto do olho de Amarante era possível perceber o movimento de papéis na mesa ao lado, Soledad conferia uma anotação. *Señora, el* número oito uno da rua Solidárias é...?
    O prédio em frente!
    Amarante falou. Quando percebeu, já estava falado. *Gracias, señor.* Soledad falou todo o resto. Ele ainda poderia ter dito que, na verdade, é Rua Solitárias. Em vez disso, ficou mudo, arrebatado pelo estranho magnetismo da mulher. Ela necessitava consultar com uma *psicoanalista*. Soledad dissera o nome *d'ela*. Não havia o que fazer, provavelmente compartilhariam a mesma analista. Amarante gelou. Levou muito tempo a entender o porquê. Mas algo nele permitiu que comentasse que estava se dirigindo para lá, tinha horário marcado às oito horas. Soledad tinha o mesmo horário. Impossível, aquele horário era de Amarante há três anos. Não disse isso; preferiu dizer que devia haver algum engano e que, chegando ao consultório, descobririam. Soledad tinha uma entrevista de emprego 9:30 e nem sabia direito onde ficava o local. Amarante sabia e, já de posse de uma melhor condição fonoarticulatória, explicou que, de *Uber*, levaria 15 minutos. ¿Estamos cerca?
    Ela tinha essa mania muito irritante. Amarante não sabia o quanto isso o irritava, era absolutamente inconsciente, mas ficava ouriçado. Isso lhe chegava como um inexplicável constrangimento, um desconforto físico impreciso, meio do nada. Às vezes, *ela*

abria a porta com aquele sorriso de Miss América, assim um tanto fadinha, monalisa subtropical. Algo dentro de Amarante sabia que *ela* fazia isso quando alguma coisa saía fora do previsto, por exemplo, a sua agenda. *Olá!* Amarante respondeu ao cumprimento da monalisa e explicou a confusão de horários. *Ela*, olhando para Soledad, reconhece imediatamente a nova paciente e comemora que esta encontrou o endereço, mas diz que estavam marcadas para nove horas... *Pode atender a moça! Eu aguardo! Ela*, então, fez outro trejeito que perturba Amarante sem que ele entenda como. É aquele abaixar de queixo para maior aprofundamento do olhar, em um ajuste de foco como quem vai saltar na presa. Ou é somente a expressão de quem oferece atenção ao interlocutor. É? Tem certeza?

    Era mentira que Amarante estivesse com pouco serviço no escritório. Tenório, seu chefe e amante, andava muito estressado. Uma empresa mexicana de *delivery* tinha pressa no desenvolvimento de um *app* específico para o mercado brasileiro. Normalmente, usaria a sessão para falar sobre isso, culminando na constatação, já pouco surpreendente, sobre o quanto amava seu trabalho, mas detestava o seu emprego. Mas a verdade é que, naquele momento, nem lembrava deste texto. Àquela altura, o roteiro da sessão estava mais distante de sua mente do que a matéria da quinta série. Incrível, *ela* nunca o atendera por tanto tempo. Uma hora e dez!!! O recorde com ele era quarenta e oito minutos e, na média, os habituais quarentinha. Igual, Amarante não pensou no trabalho acumulado no escritório quando, na saída de Soledad, ainda gastou uns minutos confirmando se fora possível colocar o endereço procurado no *Uber*. Ele era mesmo um querido e, no fundo, sabia. Enquanto isso, *ela,* com aquela cara, segurando a maçaneta da porta do consultório, parecia *monanalisar* a situação.

    Aquela foi uma sessão interminável para Amarante. Suas palavras eram infindas de articulações e pausas. Seus dramas escandalosamente burgueses. *Ela* parecia cansada. Fez algo que nunca antes havia feito: pediu licença para usar o banheiro no meio da sessão. Quando fechou a porta, Amarante ficou mumificado no divã por alguns instantes. Até que se atreveu a olhar para o relógio: se passaram apenas 20 minutos! A sensação era de que estava falando havia séculos. Mas, sobre o quê, afinal? Decidiu, então, olhar em volta. Fazia três anos que entrava naquela sala, como quem usa antolhos, teleguiado como um míssil em direção ao divã. Reluta em olhar para trás, onde está a mesinha de apoio, vai que visse alguma anotação, tipo: *Ai, que cara pesado!* Ou, quem sabe: *Hoje está um saco, melhor estar morta...* Melhor não olhar. Mas o canto de olho foi se espichando de novo e a cabeça e o pescoço de Amarante já não puderam mais os segurar.

Confirmo quintas a las 7h. Soledad. O celular! Ela o deixara na mesinha. Que tipo de analista deixa seu celular ao alcance de seu paciente? No mesmo instante em que Amarante virava para trás, a notificação apareceu. Não pôde deixar de ler. A mensagem saltou para dentro de seus olhos como uma corrente elétrica em um meio altamente condutível. Pediria para trocar de horário. Estava resolvido. Anos de evitação da sala de espera colocados fora. Dá muito trabalho não esbarrar com conhecidos e não criar intimidade com estranhos. Aliás, esta é a principal função do café no seu processo de análise: reter-lhe até os últimos instantes antes de seu horário. Agora vinha esta mulher – esta tal Soledad – escandalosamente encantadora e escolhia justamente um horário próximo ao seu. Logo agora que estava decidido a não se relacionar mais com mulheres.

Finalmente! No escritório, Tenório comenta o atraso. Amarante sabia que no fundo sua preocupação não era somente o *App*. Tenório andava grudento e ciumento. No início, as relações fortuitas depois do expediente pareciam convenientes a um bissexual indeciso como Amarante. Com o tempo, passou a decepcionar-se consigo mesmo, porque a conveniência para o outro lhe feria... Tenório tinha uma vida completamente heteronormativa: casamento, filhos, futebol e churrasco de domingo. A aproximação deu-se pela parceria de trabalho para dividir as metas, a sobrecarga e algum projeto extra. Às vezes, varavam a noite, o que também incluía a parceria da cocaína. Quando até isso ficou monótono, passaram a se chupar. Até que uma noite, um pouco sem jeito, Tenório pediu para ser penetrado. Ai, como invejava a liberdade de Amarante! Suas histórias, o seu ir e vir entre homens e mulheres. Mal sabia o quanto tudo andava doloroso para ele, especialmente quando machucava

mulheres. Machucava alguns homens também, sabia disso, mas, quando magoava alguma mulher, não podia evitar lembrar de sua mãe que morrera com o coração tão partido.
Amar ante todas as coisas. Este era o jeito de sua mãe brincar com o seu nome. E cantava Cazuza em uma brincadeira consigo mesma – *Vamos pedir Piedade, "senhor Piedade!".* Era uma poeta e não sabia. Professora dedicada, boa como algodão-doce de criança, só colecionava decepções na vida. O pai de Amarante, um bêbado irresoluto, mesmo sendo pego em flagrante traição, dentro de casa, obteve seu perdão. Mesmo assim, não suportou o peso da tristeza de Piedade, que se deixou murchar. Em uma madrugada, deu-se um tiro na cabeça deixando-lhe os cornos e as contas. A carta dizia apenas: *Perdão, Piedade!,* numa estranha mistura de pedidos. Amarante tinha, então, oito anos. Depois disso, Piedade passou por um pouco de tudo: novos bêbados, traidores, exploradores do seu trabalho e, por fim, o último. Esse foi escorraçado de casa pelo próprio Amarante, após ter presenciado sua mãe receber um tapa do sujeito. Piedade nunca mais namorou, fechou-se. Às vezes, Amarante culpava-se, pois via os sorrisos da mãe minguando dia a dia. Nada que ele fizesse fazia passar aquela tristeza. Formatura, primeiro emprego, nada... Até a única namorada "de levar em casa" que teve era olhada com desinteresse por Piedade. Talvez ela soubesse que fosse *fake*, embora, para Amarante, naquela época até não era... Ele tentava dar um ar de família para a casa e não conseguia. Por fim, depois de três anos mergulhada na sua autocomiseração, um dia Piedade enfartou dormindo.

Como Amarante odiava seu pai. Sabia como fazer mal a si, mas odiava mesmo o seu pai. Como era possível odiar um morto? Devia ser possível, pois amava infinitamente sua mãe, agora, igualmente morta. Via seu pai em Tenório e isso lhe era insuportável, porque aumentava sua vontade de manter o sujeitinho ali, cativo e humilhado. No fundo, era uma espécie de vingança viciosa. Preso nisso há um ano, não sabia como desenredar-se. Apesar de detestar aquele escritório, gostava do que fazia e ganhava bem. Mimava-se. Roupas caras, coleções de vinis e perfumes, viagens gostosas. Também conseguia presentear guris com os quais se envolvia e, de

quebra, levar as amigas de transa para jantar em lugares elegantes.
Não, não seguiu estudando. Não gostava e achava que já tinha sofrido muito na vida. Escolhera informática justamente por isso, nada queria com inquietações sobre carreira. Nisso era muito sólido e não fazia ilusões quanto a nenhum talento oculto, como um tesouro. Se tivesse um talento, era, sem dúvida, viver bem as pílulas de conforto do cotidiano. Mas sabia que, em relação a outros colegas de área, estava defasado. Tinha somente a sua graduação e quase nenhuma certificação adicional. Aquele curso de *Java* ainda estava na promessa. Também tinha certo preconceito e preguiça de melhorar seu inglês, achava uma breguice tanto esmero por uma língua importada, coisa de gente colonizada e careta. Muitas vezes, não conseguia falar com os clientes e lá vinha o Tenório, cheio de *inglishh domineishon, deixa que eu falo*. E os colegas ali, olhares de espanto para com aquele privilégio. Amarante começava a desconfiar que talvez não se mantivesse na equipe se não fosse a influência de Tenório.

    Seu último namorado cansou-se. Amavam-se, mas a verdade é que Amarante era uma pandorga afetiva que andava ao sabor das brisas. Por mais aberto que o relacionamento fosse, atrapalhava-se, não conseguia cumprir acordos mínimos e, efetivamente, não se entregava para ninguém. Eduardo não engolia o envolvimento de Amarante com Tenório. Além das ausências crescentes, era-lhe aviltante demais que seu companheiro compactuasse com as deslealdades do tipinho. O ideal do relacionamento aberto não era, justamente, zerar as deslealdades? Assim, terminaram com Amarante dando-lhe razão, mas, como sempre, sem conseguir fazer nada diferente. Ao menos estava conseguindo não frustrar mais as amigas.

    Nos últimos tempos, Amarante vinha se percebendo mais gay do que bissexual. A homoafetividade era-lhe mais natural, encaixava melhor na sua pele, mas é incrível como um ímpeto nele tentava extrair algo das mulheres. Por mais direto que fosse em relação a contratos de mútuo não envolvimento, invariavelmente, chegava o momento em que as cobranças apareciam e Amarante já ia procurando pela saída de emergência. Mas, por mais que não se considerasse um irresponsável afetivo, sabia que muitas vezes vazava de si mesmo, caetanamente, sem deixar *de querer conquistar uma coi-*

sa qualquer. Assim, estava decidido a não ter mais nada sério com ninguém. Ademais, resoluto de evitar qualquer vínculo, mesmo os menos sérios, com mulheres. Será que a culpa era da sua mãe? Ela era tão triste... Então, ele via uma bela mulher feliz e já ficava todo faceirinho. Desastre que era, logo depois elas ficavam como a sua mãe: vazias e tristes. Pelo menos era este o impacto que imaginava causar quando decidiu nunca mais se relacionar com mulheres. A bem da verdade, este enredo servia-lhe de chicote amaciado, viciado que era também em culpa.

***

Eu sei como pisar no coração de uma mulher
Já fui mulher eu sei
Já fui mulher eu sei
Chico César

***

Após três semanas saindo do consultório sabe-se lá para onde, na quarta Soledad entrara no café pontualmente às 7:45, com o mesmo sorrisão e seus decibéis castelhanos. ¡Buenos días! ¿Cómo han estado? ¿Qué más? Assim, toda excesso de cumprimentos. Só pode ser colombiana, pensava Amarante, enquanto lembrava uma recente viagem a Cartagena. Embora o sotaque não fosse tão marcante, os modos copiosamente afáveis e este bombardeio de cumprimentos distavam muito dos *hermanos* do prata. Ainda assim, Amarante admirou a rápida reconexão de Rose com a mulher: *um passado, né?*

Com ele, não. As três semanas desde a confusão de horários reestabeleciam um distanciamento que os tornava mera e vagamente conhecidos, não habilitando maiores aproximações. Pelo menos era o que Amarante acreditava. Então, por mais entusiasmo que houvesse no bom dia de Soledad, nas semanas que se passaram Amarante refugiou-se em sua leitura. Ela entrava como um sol e ele ali segurando a revista como a um bote salva-vidas. No entanto, sua auto-observação fazia-o suspeitar de seu reiterado esquecimento em pedir a troca do horário de sessão. Podia até parecer sem sentido, mas quem sabe era porque se preocupava com a agenda *d'ela*. Não é bom para os analistas terem seus horários bagunçados assim, por nada. Seria este um motivo fútil? Que nada! Se trocasse o horário, seria para preservar a sua saúde mental, pois a mulher lhe magnetizava de uma forma estranha. O motivo era certamente nobilíssimo... Que conversa fiada!

Não decidia, nem agia. Depois de algum tempo, admitiu a si mesmo que, efetivamente, era sem sentido a súbita preocupação com a agenda *d'ela*. Algo nele sabia que estava no mesmo horário por curiosidade e interesse em Soledad. Porém, a situação ficava deste jeito, coabitavam ali por dez minutos semanais. Até que ele, secamente, pagava a conta e ia para a sua consulta.

Eu gostaria de ler esta revista depois, señor. Amarante responde, um tanto sem ar, *Oi?* Caramba, como foi dizer "oi" para uma *hispano hablante? Sí, sí! Hoy! Eu vejo que o senhor sempre leva embora, justamente, as revistas que me interessam ler...* A revista que Amarante tinha em mãos era sua. Finalmente, estava levando a cabo o projeto de trazer suas próprias revistas para ler. Perdera o interesse em abrir concorrência ao café do casal. *Claro! Deixo sim.* Ele é assim mesmo, sempre gentil. Ou será tanso? Que falta de senso de oportunidade! Por que não disse à mulher que a revista era sua? Teria sido uma bela chance para desenvolver melhor um assunto e quem sabe... Melhor assim! Uma triste a menos por aí, concluía provisoriamente.

Ao atravessar a rua, Amarante pensava sobre aquele contato tão esquisito, torto. Um tanto grosseiro, não? Por outro lado, ficava lisonjeado de a leitura ter despertado interesse. Se bem que, talvez, não queira dizer muito, tendo em vista as babadas revistas do café. Será que foi um jeito de se aproximar? Parecia. É claro que foi um jeito de se aproximar, seu trouxa! Que custa fazer uma amizade? Afinal, gostar de homens não significa ter alergia a mulheres. E, depois, não precisa ir para a cama... Ao menos é possível aproveitar a troca intercultural. E pensava estas coisas com voz de sua mãe, o que geralmente conferia maior força argumentativa.

Não, não falaria nada disso com *ela*. É sua paciente. Se há alguém com um vínculo legítimo, este alguém é *ela*. Amarante adorava frases de efeito para se ver como honroso, íntegro. Ou seriam pensamentos de efeito? Pensamentos-defeito. Pode ser. Por fim, teve uma sessão requintadamente tergiversada, quase uma arte da fuga. Ora, para que atalhos se os labirintos são tão bonitos? Vamos passear. Naquele dia *ela* interrompeu a sessão quando ele mencionou que, na infância, ficava feliz ao observar as voltas do disco de vinil do pai. *Rush!*

Apurou-se de volta ao café, iria pegar um lanche antes de ir para o escritório. Imaginou poder revê-la. Estaria de fato lendo a sua revista? Entretanto, mal entrava e via que Rose a tinha em mãos. *Ai, que bom que o senhor voltou. Eu pedi para o Jorge cuidar o prédio, a hora que o senhor saía, mas sabe como ele é, né? Expliquei para a moça castelhana que a revista era sua. Ela ficou muito envergonhada, tadinha, e pediu para lhe devolver.* Amarante um tanto murcho – ah, tá – pega a revista e até esquece o tal lanche. Simplesmente sai.

Na empresa, Tenório surgiu na sua ilha. Aparecia-lhe por cima do ombro direito. Amarante detestava com toda a sua força quando ele fazia isso. Seu pai, igual, mas com bafo de cachaça, enquanto ele fazia o tema de casa. Como se, naquele estado, pudesse mesmo ajudar... Tenório estava excitado já quase sexualmente. Contava que sua mulher iria com as crianças para Santa Cruz visitar a mãe dela naquele final de semana. Amarante sabia que isso implicava em um convite-intimação para passarem este tempo juntos. Não queria. Na verdade, não queria mais nada com Tenório. Por mais que este amaciasse a voz, Amarante já mal podia olhá-lo. Pior ainda quando disfarçava ao ver algum colega por perto, *tens como subir a última versão até às cinco?* E Amarante se esquivava e lá estava Tenório com a revista dele enrolada, dando batidinhas em seu ombro, como criança que negocia por doces no supermercado. *Podemos ficar na sua casa se você se sentir melhor.* Amarante suspira, dizendo que ia pensar, porque já havia ficado de ir a um jantar, pipipi-popopó e, de súbito, lhe chama atenção um detalhe na revista, um pedacinho de *post it* verde. *Tá bem. Me avisa até às cinco, então.* E, assim, vai saindo Tenório com sua revista na mão. *Cara, ainda quero terminar uma matéria... Te passo daqui a pouco, tá?* Amarante não costuma ter boca para nada destas coisas e Tenório até estranhou um pouco, mas devolveu-lhe a revista.

Hola! Como vocês dizem por aqui, foi mal. Mas, se pudermos refazer este início, o meu whats é +57439196777... Soledad. Era um sinal. Parecia verde.

No mesmo dia, às sete da noite, Tenório visualiza uma mensagem: *Tê, vamos deixar o nosso lance pra lá. Já passou e vai ser melhor pra nós dois. Espero que você ainda possa encontrar sua família em Santa Cruz.*

Soledad havia estado em Buenos Aires, nos seis meses anteriores ao Brasil, aperfeiçoando-se em gastronomia. E, apesar de já ser uma *chef* capacitada, enfrentava muito racismo e sexismo em Medelín. Talvez pelos mesmos motivos, não se imaginava vivendo para sempre em Buenos Aires. Então, quando o Instituto Gastronômico de Porto Alegre divulgou a possibilidade de um estágio, Soledad não titubeou. Brasil! Era ou não era semelhante à sua Colômbia? Iria descobrir, estava aberta a isso.

No primeiro dia de estágio, o gerente do restaurante "elogiou" a sua *bandeja paisa* com o seguinte comentário: *Hum, delícia! Dizem que as colombianas são tão boas de cama como são de cozinha.* Soledad estava no inferno de novo. Por que seu trabalho não era considerado na forma intelectual e artística? E se fosse branca? E se fosse homem? E se fosse embora? Mas estava cansada de ir embora.

Desta vez se segurou. Da outra, em seu país, retirou o prato que o gerente tinha em mãos e atirou na parede. Perdera a cabeça, admite, mas, ao mesmo tempo, não se arrepende. Contudo, só não foi presa porque seu irmão mais velho, advogado remotamente conhecido do dono do restaurante, interveio alegando que Soledad sofria de transtornos mentais e que ele iria se responsabilizar pelo tratamento da irmã. A humilhação foi tamanha que Soledad quis sair de lá, trocar de ares, tentar renascer em algum novo lugar. Então, quando esse homenzinho proferiu o impropério, Soledad se transportou a todo mal-estar do passado ainda meio presente. Sentia a pulsação de seu corpo chegar até os fios de cabelos. Sentia-se nua e exposta mais uma vez. Ao chegar em casa, sua companheira de quarto percebeu que não estava bem. Soledad abriu-se, contou-lhe tudo. E confessou-lhe o principal: estava com medo de surtar. Sentia-se longe demais de casa para surtar. Com o auxílio da amiga, enviou uma mensagem dizendo que já não retornaria para concluir o estágio *devido a problemas de saúde*. Feito! Mas, e o que fazer? Estava há apenas 20 dias em Porto Alegre, com hospedagem paga por 6 meses. Foi aí que a amiga falou sobre *ela*, que era uma analista que lhe haviam indicado. Tratava-se de uma mulher negra. Quem sabe ajudasse. Quem sabe *ela* pudesse auxiliar nesta travessia.

Soledad percebia que Amarante era gay. Era muito óbvio para ela e estranho que ele tentasse disfarçar tanto. Apesar de branco, parecia muito com o seu irmão mais novo, militante desaparecido. Não sabia nada desse irmão há uns dez anos. Acreditava que ele estava morto em algum buraco no *Valle del Cauca*, tragado pela necropolítica colombiana. Ele tinha aqueles olhos como os do Amarante: encantadores, de quem se segura, mas que, na verdade, está prestes a fazer alguma bobagem. Ela sabia que não tinha futuro com Amarante. O que ela tinha, então? Um passado que queria renovar, apagar toda a pobreza e a humilhação de outrora, e uma adoração pela cozinha. A cozinha que, para ela, era técnica, mas também rito, magia, ancestralidade.

Soledad e Amarante se escoraram um no outro, assim como um improviso preguiçoso, uma gambiarra, que vai se tornando permanente. Soledad não seguiu o tratamento com *ela*. Achou que Amarante precisava mais daquela analista do que ela própria. Poderia tentar outra, mas, no máximo, ia no café da Rose falar da saudade de uma *esencia*. Antes, precisava decidir se ia embora ou ficava em Porto Alegre. E se arranjasse uma analista e, logo em seguida, resolvesse ir? Titubeava. Procurava emprego, estudava, testava receitas com ingredientes locais, brincava de *youtuber*, trotava na cidade, voltava e acabava perturbando Amarante. Transavam gostoso, divertido. Mas logo ela já começava a reunir suas peças de quebra-cabeça, pedindo para ele ajudar a montar. Um perdido Amarante, não ajudava em quase nada. Ele entendia de trabalhar, consumir e esquivar-se de si. Ficava muito embaraçado com aquelas perguntas que, na verdade, quem sabe aspiravam a um sentido prático. Ele não entendia, sentia-se convocado a atos heroicos, demandado a assumir a vida de Soledad. Será que deveria? Imagina! Não tem mesmo esta vocação. E assim iam se desentendendo.

Amarante sentia que logo poderia arranjar um novo *crush*. Na verdade, até já andava espichando o olho para um estagiário novo. A questão é que deixou Soledad se aboletar em sua casa, esse foi seu erro. Ficara sem possibilidade de rolinhos, pelo menos assim entendia. Será que ela se importaria se ele saísse com mais alguém? Não ficou sabendo. Tudo começou com o fato de que ela passava muito frio na república estudantil e ele morria de pena. Assim, as noites de janta-netflix-trepadinha foram se sucedendo uma após a outra e, quando se deu conta, sua cozinha já não era mais sua e ele já estava cinco quilos mais Amarante que antes. Às vezes, olhava para Soledad. Tão bonita. O que será que queria com ele? A única relação inter-racial que teve. Será que foi só por ela ser estrangeira? Inquietava-se, afinal, acreditava ser politicamente engajado e antirracista. Será que havia algum desconhecido ímpeto colonizador dentro dele? Seria um tema interessante para tratar com *ela*... Mas aí precisará comentar todo o evento Soledad e tem um pouco de vergonha. O fato de *ela* ser uma mulher negra também inquieta. *Será que vai me julgar?*

O final de 2017 chegou e com ele muito trabalho para Soledad. As festas de final de ano fizeram com que ela juntasse um bom dinheiro. Amarante, que andava saudoso de uma viagenzinha, resolveu levá-la para a praia. Soledad não gostou. Amarante achava que era uma covardia comparar as praias do sul do Brasil com a Colômbia caribenha, mas não era isso. Soledad detestava a impostura dos corpos na praia, a pose. Corpos que vão para serem vistos, não para uma experiência. Parecia-lhe antinatural. Amarante achava que ela estava ficando caretona e preconceituosa. Ela nem aí para o que ele achava, ela é que tinha que viver com o que ela achava.

No outono de 2018, a segunda temporada de jantinha-netflix--trepadinha ficou um pouco abaixo do que a crítica esperava. E, para culminar, o clima eleitoral azedava os debates e as relações na cidade e no país. Uma noite, depois de horas mexendo nas redes sociais, Soledad teve uma crise de choro muito forte. Dizia para Amarante: *como vocês podem permitir tudo isto?* Ele tentava acalmar (e se acalmar) dizendo que acreditava na reação nas urnas, que acreditava que o atraso não vingaria. Soledad não era tão otimista. Seu olhar estrangeiro, habituado à violência estatal colombiana, não permitia. Fugira de um racismo que imaginou não encontrar no Brasil. Naquele momento, percebia o quanto romantizara o país, a fama do calor e das pessoas alegres. E alegria não parecia combinar com maldade. Engano seu. Amarante não sabia o que dizer. Sabia que até mesmo o seu estilo de vida estava em xeque para um certo tipo de mente que se avolumava por aí.

Um dia de inverno, chegara do escritório um pouco antes e as malas de Soledad estavam na porta. Ele ficara um tanto atordoado, pensando heteronormativamente que não havia elogiado o suficiente alguma comida ou que ela vira alguma mensagem de seu celular. Soledad não estava, apenas suas malas. Amarante se prostra no sofá e aponta os olhos para o teto, sem distinguir nada. Depois de alguns minutos, ela entra em casa. *Uy, ya llegaste... Cariño, yo me voy yendo en un rato. Mi hermano sacó un pasaje, no la puedo perder. No me mires con esta carita, ya te había avisado. Ustedes no se han dado cuenta de lo que está pasando... Me tengo que ir.*

Amarante entendia a sua partida. Achava que ela podia estar triste com ele, pois ele não a encorajava nem a ficar, nem a ir. Não tinha esse ímpeto. Aliás, nunca teve este ímpeto com ninguém, o que era bastante decepcionante. Mas sentia um sabor amargo, como se pudesse ter feito mais ou como se houvesse feito mal à mulher. Como protegê-la do mundo? Parece mais que ela o protegera por um tempo. *Será que se apoiou nela somente para deixar Tenório?* É fato que funcionou como empurrãozinho, pois a verdade é que não sabe estar completamente só.

Não se comunicaram mais depois da despedida do aeroporto. Somente uma mensagem para saber se havia chegado bem. *Sí, gracias!* Nunca mais se falaram. Mas, depois de quase dois anos, há três dias, resolveu perguntar-lhe sobre o tal novo coronavírus, como estaria esta situação na Colômbia? Ainda teme que ela possa lhe querer mal. Andava lembrando bastante dela, dos seus anseios profissionais, pois perdera o emprego recentemente, como tantas vezes quis. Bom, hoje é dia de análise.

A persiana a meio mastro... Será pelo coronavírus, já? *Vamos lá!*, pensa. Amarante escuta duas mulheres conversarem em tom tenso. *Pois é, ele começou com muita dor de cabeça. Que não seja esse tal corona... Mas tu sabe, né prima, como o Jorge é teimoso. Não quer saber de hospital.* A outra, em tom de negociação ponderada, diz: *Sim, Rose, mas vai para casa te cuidar e ver como ele está. Fechamos o café. E se também estiveres doente? Logo o prefeito vai decretar o fechamento, não vale a pena abrir aqui hoje...* Rose enxerga Amarante e diz: *Ai, prima, deixa eu ao menos dar o cortado deste moço. Ai, a máquina está desligada... Mas senta aí, moço, ainda vamos organizar umas coisas antes de sair. Pode sentar.*

Amarante senta e não pega a sua revista. Prefere retribuir a gentileza sendo mais breve, esperar o tempo de o porteiro do prédio em frente aparecer, o que levaria mais uns cinco minutos. Destrava seu celular. Muitas mensagens de seus amigos sobre o coronavírus. Muita aflição. Ele, meio desligado, não estava achando que já houvesse tanto motivo para alarme. *Estou bem. Você fez bem em ter me ajudado a voltar. Estou amando de novo. Gostei de ter te conhecido, mas mi pasado y mi esencia están acá! Cuidate! Sol.* Ela respondeu. Ele precisa falar hoje sobre isso. *Hoje!*

Amarante: desculpa te avisar em cima do laço, mas não atenderei hoje. Esta história da Covid pegou a todos no contrapé... Ainda não sei como prosseguirei os atendimentos para respeitar o isolamento social. Por enquanto, suspendo. Abraço!

Amarante sai. E agora? Que rumo tomar? Sem café, sem sessão e com a mensagem de uma tal Soledad.

ANA COSTA é psicanalista e professora em psicanálise da UERJ. Autora, entre outros, de *Litorais da psicanálise* (finalista do Prêmio Jabuti 2016)

Ana Costa
Esse

    Um tac-tac de saltos de sapatos no calçamento batia em sua cabeça. Um som infernal encheu toda a sala de motores de carros e conversas de transeuntes e o tic-tac de um relógio e ela não conseguia pensar em outra coisa e que mania ele tinha de ficar com o relógio próximo de sua cabeça...
    — nunca vi um relógio de pulso com som tão alto. Me atrapalha. Você precisa ficar de relógio? Já não basta me interromper sem mais e me mandar embora?
    A postura de L a irritava. Grande pretensioso. Não admitia que não estava ali com ela ouvindo, que tinha se enchido o saco e que queria mandá-la embora. Afinal, o que ela sabia dele? Deveria estar querendo ir até o café da esquina, já o tinha visto lá. Melhor ir ao café do que ficar ouvindo suas chorumelas. Sim, porque no café tem aquela garçonete sedutora que fica sorrindo e chamando cada um pelo nome, bom dia Dr. L, vai querer aquele pingado de sempre? já preparo para o senhor, só você sabe preparar meu pingado, grande babaca.
    — foi embora... é inútil... não lembro o que pensei.
    — foi embora?
      Ela ri.
    — por favor... não me venha com golpes baixos, já passamos tantas vezes por isso e você sempre retorna ao mesmo ponto! Acho que você tem uma fixação por meu pai! Se faz uma pergunta que já tem resposta, então por que pergunta? Você deve ser mais esperto que isso, é por isso que está aí e eu aqui... hoje é inútil, melhor ir embora...
    Levanta-se, paga e sai. Grande babaca... por que ele tinha que irritá-la tanto? Não bastava a dificuldade que era ir ali e falar. E ele ficava naquele silêncio... babaca, babaca, mil vezes babaca...
    Gostou dele da primeira vez. Exalava respeito, estatura alta,

bem vestido, cabeça erguida, aperto forte de mão. Esperava ansiosa cada horário marcado, o momento que ele surgiria na sala de espera convidando-a para entrar, que cruzaria a sala até o esperado divã, que falaria e falaria e ele a conduziria para a saída do túnel, e lhe daria a mão no escuro indicando é ali a luz. Até que tudo ficou cinza, sem contrastes, e ela o olhou de verdade e seu rosto parecia incomodado e ele parecia enfadar-se de escutar e ela tinha certeza que ele pensava em outra coisa, que só ficava esperando o final do horário. E não conseguia pensar, só que aquele velho era estúpido, que deveria estar dormindo atrás do divã e que ela tinha mais coisas a fazer do que estar ali.

— ele é um estúpido – conversava com sua amiga Bia.
— quem é estúpido?
— meu analista...
— mas então por que continuas indo nele?
— vício... viciei e não consigo deixar de ir...
— isso realmente não entendo. Como você pode pagar pra se sentir mal? Eu acho bobagem essa história de fazer análise, me parece tão artificial. E depois cria uma dependência muito estranha. Eu realmente não entendo. No seu lugar eu sairia, se não está dando certo, não tem razão pra ficar.

Bia tinha razão. Na próxima sessão diria que não iria mais, daria a desculpa de que suas crises tinham passado e que já podia ir embora. E tinham mesmo passado. Assim como surgiram. Do nada.

Numa tarde de outono, dois anos antes, trabalhava no computador corrigindo provas de alunos. De repente, o coração disparando, seu corpo tremendo descontroladamente, um torniquete pressionando a nuca e sufocando o peito. No pronto-socorro diagnosticaram estresse e ela voltou pra casa, não era nada, mas aí voltou a acontecer três dias depois e procurou um psiquiatra que disse "síndrome do pânico, só remédio não é suficiente, procure tratamento psicológico" e lhe indicou procurar L e foi assim que ela passou a frequentar aquele consultório dois dias na semana.

Desde o início sentiu-se bem ali. Como se desde sempre o tivesse conhecido. Na frente do espelho divagava, essa blusa não, muito triste, hoje não estou triste, o que ele vai pensar, será que ponho batom? não, não uso batom, só pra festa, mas como vou melhorar essa cara triste, não quero que ele me veja triste, hoje não tenho sonho pra contar, o que será que vou falar? não quero que ele pense que não me dedico, passo meus dias pensando no que falar pra ele, o que será que ele pensa de mim?

Um dia ele a olhou. Olhou, olhou... não com aquela cara amável preparada pra receber o próximo paciente, não, olhou mesmo! Estava com uma blusa de verão, decote canoa, gostava como recortava seu pescoço e início dos ombros, usava um colar azul-piscina que dava vivacidade ao rosto. Reparou como ele a olhou...

— será que ele é casado? – cogitava com Bia.

— ele quem?

— meu analista... ele não usa aliança, mas isso não quer dizer muita coisa...

— mas em que isso te interessa? Não tem nada a ver com o tratamento...

— pura curiosidade, falo tudo de minha vida pra ele, mas não sei nada dele. Outro dia procurei no Google informações sobre ele, mas o único que encontrei foram algumas referências de artigos teóricos. Também não o encontrei nas redes sociais...

— curiosidade... pois sim! Parece outra coisa. Cuidado, amiga, não vai te ferir de novo. É arriscado ficar entusiasmada com seu médico, não dá boa coisa!

— não sei o que sugeres com isso de me ferir de novo, não tem nada a ver com minhas outras relações...

— já ouvi isso...

— *L* nunca iria me machucar... mas não sei por que estamos falando sobre isso, ele é só meu analista...

Rasgaram-se folhas do calendário e *L* continuava na agenda em terças e quintas. Ligou no automático, como horário de academia. Viciou na academia. Culpa de Bia. Ela a levava por esse mundo em que custou a entrar, eram amigas desde a adolescência. Não se reconhecia em Bia e sua vida vazia. Não se reconhecia no hábito que começava no carro e terminava em qualquer loja de marca. Na coleção de bolsas de marca. De sapatos de marca. Tornou-se sua amiga de marca, quero apresentar minha amiga *intelectual*, dizia em festas que fazia em sua casa. Ali poderia ser uma *intelectual* porque publicara um livro de seu doutorado. Que era só uma exigência acadêmica. Aprendeu a se misturar nas festas de marca. Bia a ensinou, compra brincos pingentes que valorizam teu pescoço, e sapatos de salto porque te tornam esguia, e lá ia ela tac-tac com seus saltos pelas calçadas. E o tac-tac atraía olhares e gostava e ficava bem na bolsa vazia de Bia.

Era uma festa. Na casa de Bia. Ela tac-tac movia-se pelo grande salão do apartamento. Os barulhos da música, das conversas, das risadas eram ensurdecedores e a surpreendia ouvir o bater dos saltos de seus sapatos. Bia aproxima-se sorrindo, vem que quero te apresentar alguém, e a leva pelo meio do salão e as pessoas a olham sorrindo e ela escutando um tic-tac de relógio e ali estava *L* sorrindo e ela pergunta a Bia, mas o que ele faz aqui? não quero falar com ele aqui e, de repente, percebeu que esquecera de colocar a blusa e as pessoas riam... acorda suando...

— tive um sonho muito curioso com uma festa no seu apartamento...

— verdade? Até parece que você leu meu pensamento, ando com vontade de comemorar meu aniversário deste ano com uma grande festa!

— não foi um sonho bom, eu estava sem blusa e você tinha convidado *L*.

Bia ri muito e ela se sentindo humilhada "...você sem blusa na minha festa... *L* na minha festa..." e ela sem entender o que Bia queria dizer e foi subindo uma irritação e um calor que alcançou seu rosto...

— não acho nada engraçado... foi um pesadelo...

— mas que obsessão você tem por esse cara! Por que você não encerra a análise e o convida pra sair?

— não se trata disso, você não entende...

— não entendo mesmo, é óbvio que você está apaixonada por ele, por que não pode convidá-lo pra sair?

— não é qualquer cara, é meu analista, a relação é diferente.

— não é tão diferente de outros médicos, eu já tive uma paixonite por um, mas é complicado, não dá em boa coisa. Você podia tentar,

quem sabe acontece, afinal, já faz um tempão que você não tem namorado. Tinha esse tal de *S*, que você nunca me apresentou. Por que nunca me apresentou? Aposto que era casado...
— você não entende, não sabe de nada... tenho que ir – paga o café e sai.
 Bia não sabia. Esse pensamento quase a fez sorrir. Tantas portas mantinha fechadas, nunca a deixaria entrar. Bia não sabia de *S*, não sabia... Bia era a fachada do edifício em que morava e que a amiga tinha ajudado a escolher. Eram suas roupas, seus perfumes, sua maquiagem... sua maquiagem... Arrependeu-se do dia em que mencionou *S* numa conversa. Foi um deslize, um lapso, diria *L*. Entregava tudo a Bia, menos isso. Menos *S*.
 Foi num outono bem antes d'*L*. Um outono de verdes crepitantes por cima das árvores, balançando murmúrios ao vento no contraste do azul. Um outono de uma luz que, exagerada, feria os olhos, de um sol que doía na pele de tão vivo. Um outono de um dia tão perfeito, numa quase dor de viver, ela abriu a janela do quarto e a luz e o vento da rua cortaram a densidade dos cheiros noturnos e continuaram invadindo o resto da casa, alcançando a cozinha e batendo a porta da área de serviço fazendo-a pular de susto. E ela então se perdeu e já não sabia por que tinha aberto a janela e colocou suas mãos para fora e o sol atravessou seus dedos longos e eles pareciam separados do corpo. Vestiu-se para sair. Era urgente sair. Desceu as escadas dos dois andares até o térreo, perdeu-se na direção a tomar e ensaiou atravessar a rua e caminhar. Só caminhar. Despertou do transe exausta, na entrada de um parque distante de casa. Assustada, buscou um banco para descansar, não conseguia organizar os pensamentos. Não tinha memória do grande percurso que fizera e não entendia bem o que lhe tinha acontecido. Vagueou o olhar pelos ocupantes do parque, homens e mulheres fazendo *jogging*, crianças de bicicleta, babás com crianças pela mão, um grupo jogando bola... um homem caminhava em sua direção olhando-a fixamente. Usava calça jeans e jaqueta de camurça cor caramelo, sorria levemente com o canto da boca, teve a impressão de conhecê-lo. Não, conheceu-o naquele momento, imediatamente, assim que o viu. Conheceria mesmo sem nunca o ter encontrado e ele

sentou-se a seu lado sem pedir licença. Era S. O jeito d'S.
— chinelo de dedo não faz bem pra longas caminhadas.
A princípio, ela não entendeu a frase que de tão banal pareceu enigmática. Então sentiu uma dor desconhecida, olhou seus pés e um filete de sangue escorria do corte em um dos dedos e surpreendeu-se com a brancura de seus pés ao sol. Assustou-se com a perdição que a invadira naquele dia em que saíra de casa sem pensar, sem vestir-se adequadamente, esquecida de seu corpo, sem sentir. S pegou um lenço que trazia e, sem perguntar, levantou sua perna apoiando-a sobre o joelho e começou a limpar o sangue tão metódica e delicadamente que um arrepio atravessou seu corpo.
— a China antiga, na época do domínio de dinastias, tinha um costume curioso com os pés das mulheres. Eles chamavam pés de lótus. As famílias envolviam com faixas os pés das meninas, amarrando-os até quebrar os ossos e entortar seus dedos, para que elas tivessem pés pequenos quando crescessem e assim conseguissem melhor casamento. Não é uma tradição curiosa? Isso quase impedia que as mulheres caminhassem, o que talvez fosse uma forma de mantê-las quietas. Mulheres são muito irrequietas, não lhe parece?
Ela o olhava e nenhuma palavra alcançava seus lábios, fascinada com a delicadeza com que ele manipulava seu pé, contrastando com as coisas que dizia.
— meu carro está logo ali no estacionamento. Venha que vou levá-la para casa.
E foi assim que S entrou em sua vida. Não imediatamente, passou-se mais de semana até que ele ligou.
— passo em sua casa às oito horas, vamos sair pra jantar. Espere-me pronta, tenho uma reserva num restaurante. Não esqueça de calçar-se.
Ficou com o rosto em chamas e não conseguiu reagir, apenas um "sim" reticente ganhou sua voz. Esperara durante toda a semana seu chamado e agora não sabia como se portar, ensaiou todo seu guarda-roupa sem conseguir decidir-se, o que será que Bia usaria? Só de uma coisa tinha certeza: usaria sandálias de salto.
S ocupou todo o tempo e o espaço daquele jantar. Falava de suas viagens de trabalho, era representante comercial de uma empresa

chinesa com sede no Brasil e viajava por muitos países. Ela não conseguia prestar atenção e sentia-se estranha ao lado dele. Como se não estivesse presente. Como se olhasse tudo de fora. Com quem ele falava, o que ele queria dela? No final do jantar, deixou-a na frente de seu edifício com o comentário "não gosto que pinte as unhas" e despediu-se e ela ficou atônita parada na calçada olhando o carro afastar-se.

Voltou a procurá-la um mês depois, quando ela quase o esquecia. Tocou no porteiro eletrônico e disse simplesmente que subiria e ela, sem reação, abriu a porta. Entrou e ocupou todo seu apartamento comentando sobre sua viagem recente, as ruas de Milão, a catedral, o vinho... Olhou-a e ela queria esconder-se e ela sem canto de refúgio sentada na cadeira ao lado da mesa, o braço apoiado para não cair.

— hoje você está de mocassim.

— estava trabalhando no computador, você me surpreendeu, não consegui me arrumar.

— trouxe-lhe um presente – mostrou o pacote – quero ver como lhe fica.

Ela pega o pacote sem saber o que dizer, era uma sandália rasteira. Um modelo infantil de sandálias. Ficou de cabeça baixa olhando os sapatos sem conseguir entender e uma voz lhe disse "prove" e ela assim fez. S aproximou-se, sentou-se no chão e começou a alisar seus pés nas sandálias com a mesma delicadeza da outra vez. Ela o olhou de cima e seus pés já não lhe pertenciam.

E passa assim esse tempo. Um tempo sem tempo, sem relógio ou calendário. Nunca sabia quando S ligaria dizendo vem aqui e ela iria a seu apartamento a qualquer hora, ou mesmo quando sua voz surgiria no porteiro eletrônico informando que subiria, ou quando avisaria que passaria em sua casa para irem a um restaurante. Somente sabia quais sandálias teria que usar, fizesse frio ou calor. Por vezes queria reagir, por vezes queria... mas não sabia. Não sabia como romper a torrente da fala que não se dirigia a ela. Que continuava perdida naquela manhã luminosa em que despertou no parque. Que alguma coisa tinha se rompido e nesse momento S apareceu.

Era dia de sessão de análise.
— outra noite sonhei com você. Não foi bem um sonho, mais um pesadelo. Ando muito irritada com vir aqui. Não sei se está adiantando muito, você fica aí parado e eu não sei o que pensar. Fico só pensando no barulho de seu relógio.
— como foi o sonho?
— não sei se quero falar... era uma festa na casa de Bia, eu encontrava você lá e ficava me sentindo humilhada porque estava sem blusa.
— por que humilhada?
— não sei, todo mundo olhava pra mim e eu só queria ir embora... essa rua é muito barulhenta... seu relógio é muito barulhento... faz algum tempo que não consigo me concentrar aqui...
Senta-se no divã.
— desculpe, hoje não vai dar – levanta-se e sai.
Humilhada. Não conseguiria nunca falar d'*S* a *L*. O que pensaria dela? Afinal, o que teria a dizer? Resolveu caminhar até sua casa, apesar da distância. O final da tarde enchia a rua com pessoas saindo do trabalho. As paradas de ônibus apinhavam-se daqueles que queriam chegar logo em suas casas. As ruas se espremiam entre carros e buzinas. Um vento forte começou e folhas de jornal velho voavam e revistas despencavam do mostrador da banca de rua. Gotas de chuva logo formaram uma enxurrada e ela precisou proteger-se embaixo da marquise de uma galeria. Parou na frente de um salão de cabeleireiros e distraiu-se olhando a vitrine. Dentro, mulheres cortando ou pintando os cabelos e outras tantas com as mãos espalmadas para que suas unhas fossem pintadas. Entrou e pediu para pintar as unhas dos pés.
Quinta-feira e novamente sua sessão.
— demorei muito tempo pra entender que preciso de análise. Eu vinha aqui, mas não conseguia falar. Preciso falar...

Luís Augusto Fischer é escritor e professor de Literatura. Autor, entre outros, de *Dicionário de porto-alegrês* (1999) e *Machado e Borges* (2008)

Luís Augusto Fischer
Sessão

UM
Agora vem o juiz metido a intelectual.
Hora dele. Só juiz tem emprego que permite fazer análise às 9 da manhã.
Largo aqui os diários do Ricardo Piglia. A liberdade deste puto é que me dá inveja.

Não é o caso de confundir a correspondência com uma dívida bancária, embora de fato haja alguma ligação entre as duas: as cartas são como letras que se recebem e geram dívida.

Analogias vertiginosas, que beleza.
Campainha. Chegou o chato.

"Tantas vezes eu falei pro meu pai sobre essas fantasias de descender de heróis farroupilhas, nada a ver. E nem é verdade mesmo, os pais e avós dele são 75% descendentes de imigrantes europeus, alemães e polacos, eu sei isso, eu conferi isso tudo, só uma avó era remotamente ligada à gente farroupilha..."
"Mas tem força essa ligação, não será?"
"Como assim?"
"Não sei, pergunto. Filiação sempre tem um tanto de escolha."

Vontade de fazer que nem o Piglia e embaralhar de propósito a verdade com a ficção. Inventar um parente militar. Herói. Que me legou uma espada.

"Eu tive um bisavô que morreu no Paraguai. Sempre penso nele."
"Puxa, que bacana."

"Puxa..."
"Por que te parece que teu pai não pode se orgulhar desse antepassado dele? Isso te incomoda?"

Ele embatucou. Essa da espada centenária guardada é demais para ele: ele vai acabar me perguntando como eu a obtive. Criei uma linda inveja nele. Quase vejo os pensamentos dele daqui.
Estou precisando repassar esse cara pra outro. Não tenho mais como manter. Faz oito anos que ele vem duas vezes por semana, eu não vejo como avançar em nada, nenhuma frente, nenhum aspecto. Sei da vida dele tudo, já repetiu essa história do pai farroupilha dele umas quantas vezes, eu já apontei muitos traços nisso, ele já fala comigo negociando tudo previamente na cabeça dele.
Anoto: falar com a Virgília sobre o juiz. Ela vai saber me dizer para onde eu conduzo o processo todo. Me livrar dele. Nem posso pensar assim. Sim, posso pensar assim.

Ainda nem 20 minutos.
Levanto a folha de anotações sobre o juiz e espio uma sublinha que fiz no Piglia:

A mulher que foi perdida: curiosamente vários dos melhores romances argentinos contam essa mesma história. (...) Se trata na realidade da tradição do tango. O homem que perdeu a mulher olha o mundo com uma visada metafísica e extrema lucidez. (...) O homem enganado, cético, moralista sem fé, vê por fim a verdade. Neste sentido, [o tango] "Cambalache", de Discépolo, é "El aleph", de Borges.

"Tu conheces o *Cambalache*, o tango?"

Pergunto sem me dar conta. Escapou.

"O quê?"
"O tango, quero dizer, o sentido do tango."

Merda.
"Não entendi a pergunta."
"Pensei em trazer um elemento novo para pensar."

Pai fabulista, mãe ausente, tu tem tudo isso na tua vida, porra! Por que não o tango, por que não o *Cambalache*?
Sei lá o que digo a ele.

"Nunca tive nada com o tango. Minha mãe sabia uns tangos e até cantava. *A media luz* é tango, né?"
"Sim."
"Não lembro da letra, nada, mas da mãe cantando sim. Ela..."

Não parou mais de falar, o juiz. O tango desencadeou uma linda fiada de imagens, lembranças.
Precisei avisar ele do fim do tempo.
Deu pra tua bola.

DOIS
"Inverossímil! Totalmente inverossímil!"

Era a minha mulher falando do conto, quer dizer, desse início de conto, que pedi para ela ler. Nem eu estava muito convencido.
Dizer "mulher" para a — como é que é pra dizer? — esposa, parceira, companheira, conje, já é ruim hoje em dia. Tudo mudou, e a linguagem não pode ficar inerte ali, como se nada. Eu vivo de linguagem, da linguagem viva. Aliás, linguagem é sempre viva. Mas isso é outro assunto, langue/parole, aquela conversa toda, já esqueci.

"Mas por que inverossímil?"

Eu perguntei.

"Porque, vem cá, tu acha que um psicanalista ia pensar assim do cliente? Quer dizer, do paciente... Como é que eles chamam o cara que senta ou deita ali e fala e depois paga?"

Ela sabia ser sarcástica também.
Respondi que não sabia bem como os psi chamavam os. Esses. Os mais cuidadosos chamavam "paciente", acho. Ou os que mais gostavam da vizinhança com as ditas artes médicas.

"Mas por que um psicólogo ou um psicanalista ou um psiquiatra ou um psicótico não podem pensar mal e sacanear o próximo, como qualquer um de nós?"

Foi o que eu quis saber.

"Sei lá. Eles têm todo um preparo, teorias e tal, e uma experiência..."

"Quem te disse que o meu personagem tem experiência?"

Ela pegou de volta o arquivo com o começo do conto.

"Tá aqui, tu mesmo escreveu: o cara era paciente, cliente, não sei o quê dele, há anos."

Ela procura e encontra:

"Oito anos."

Fiquei sem o que dizer.
Mas depois me veio uma resposta:

"E quem é que disse que o cara é um psi atendendo seu, seja lá como se chame?"

Ela me olhou com a boca ligeiramente aberta, como fazia sempre que eu derrubava uma sólida interpretação dela. Uma abertura breve e, puxa, linda.

O Aldir Blanc dizia que a mulher estrábica parecia estar sempre a um passo do orgasmo. Minha mulher, com a boca assim mal e mal aberta, lábios que acabaram de se descolar, parece estar a um passo de me dar um beijo.

TRÊS

Mas se não for uma sessão, com um paciente, cliente, um pagante (neste caso um juiz, disse o outro), de um lado, e um psi do outro (o que fala sobre o tango, o que maldiz o outro), vai ser o quê? Um professor dando aula? Um dono de bodega conversando com um cliente? Um barbeiro? Um médico no consultório? Um dentista?

Estou me vendo numa daquelas brincadeiras pós-modernas, em que uma cena acontece mas não deve ser entendida linearmente, nada é o que a gente está vendo. Irritante.

Nunca acreditei direito na conversa de alguns escritores tipo mediúnicos, que dizem ser comandados pelo personagem, pelo ritmo da frase, pelo inefável. Sinceramente, acho uma palhaçada.

Vou acabar contando pra ela que essa cena existiu mesmo. Mas eu era o juiz. E o tango me salvou: a chave que abriu o cofre do mundo, esta *porquería*.

Ela talvez me diga que a realidade não interessa.

ALEJANDRA RUÍZ LLADÓ é psicanalista e escritora. Mestre em Escrita Criativa, é membro da Escola Freudiana de Buenos Aires e da Fundação Europeia de Psicanálise. Autora, entre outros, de *Tratado de Cortesía* (1999)

Alejandra Ruíz Lladó
O espelho interior

I

Isabel, a segunda mulher de meu pai, era bonita até a imprudência. Quando a conheci, custei a acreditar que o viúvo barrigudo e feio que havia anexado seu sobrenome a mim, com quase cinquenta anos, tivesse conseguido chamar a atenção daquela preciosidade de vinte e cinco. Mas foi logo depois do casamento, quando veio viver em minha casa, que tive de aceitar o quanto ela o amava. Sua ânsia por ter um filho com meu pai redundou em tratamentos, análises, intervenções cirúrgicas e até coletas sistemáticas de sêmen, que os dois não se furtaram de encenar mediante gestos grandiloquentes e corridas com geladeiras portáteis que transportavam o que eles gostavam de chamar de o material. Me davam pena.

Quando soube que estava grávida, Isabel não conseguiu evitar a ideia de que seriam gêmeos. Meu pai não entendia a origem daquela fantasia e, ainda que tenha tentado dissuadi-la mediante argumentos variados, não conseguiu. As opiniões dos três médicos que a visitaram, com suas devidas explicações, foram repelidas uma a uma. Há razões do coração, sustentou ela, que as razões da ciência desconhecem.

As sucessivas tentativas de rebater a certeza de Isabel, ao invés de demovê-la, reafirmaram sua convicção. Para defender suas ideias nos embates que disparava o entorno, a jovem mãe se viu forçada a argumentar. Em sua defesa, não vacilava em contrariar os diagnósticos, nem tinha medo de basear suas razões em provas cada vez mais irrisórias. Durante o terceiro mês de gravidez, Isabel prendeu-se a uma convicção: os estudos médicos estavam errados porque os fetos se haviam colocado em tal posição que era impossível captar a imagem de um sem, ao mesmo tempo, ocultar a imagem do outro. A jovem parecia de fato ver os gêmeos, frente a frente, dentro do seu corpo, Lucio apoiando as costas sobre seu ventre, a cabeça ligeiramente por baixo dos seios, pressionando apenas o estômago, engarrafando um pouco mais o trânsito digestivo; e Lucía, já implantada em frente ao macho, os olhos ainda cegos, as costas inclinadas como a coluna de sua mãe e as pernas relaxadas, que, às vezes, pareciam empurrar os intestinos do corpo que a acolhia e caminhar sobre a bexiga que, à noite, molestava os três por tantas idas e vindas ao banheiro.

— Devido à bexiga e às bolsas de líquido amniótico que existem no corpo feminino — dizia a meu pai —, meus pequenos fetos devem acreditar que se movem sobre as águas do mar e andam se esparramando no meu ventre como se estivessem retouçando em uma praia.

Ao se deitar, a jovem percebia, do lado de dentro da barriga, movimentos enérgicos que, a seu ver, confirmavam a hipótese. Às vezes, a barriga escorregava para um lado, adquiria uma forma piramidal ou parecia se elevar como um molusco, ou como essas montanhas mágicas que, nos filmes infantis, se transportam e alteram, a cada passo, sua forma, deixando ver por debaixo de seu seio um índio disfarçado de árvore dentro de uma menina disfarçada de índio. Ao escutá-la, um dos médicos tentou desfazer a imaginação materna com um golpe de realidade. A essa altura da gravidez, lhe disse, não há chutes, apenas a insinuação de pernas e duas protuberâncias mais parecidas com um toquinho e uma barbatana. Do sexo, nem tem o que falar. Apenas um rabo como de um anfíbio irrequieto. A pena do índio disfarçado de árvore dentro da pena da menina disfarçada de índio.

Decepcionada, Isabel abandonou os médicos, com suas superstições de anfíbios e cotocos, e se refugiou na discreta elegância dos detalhes, os ínfimos fatos que se ofereciam diariamente a ela para construir pequenas histórias, que sendo, desde seu ponto de vista, tão falsas como as científicas, sabiam se transformar em ideias mais belas e em prognósticos mais auspiciosos. Acreditava ver pássaros que anunciavam a iminente aparição dos gêmeos: os pardais traziam notícias de Lucio; as andorinhas, de Lucía. Anjos de porcelana lhe acariciavam sem cessar os peitos brancos, a fim de preparar os bicos dos seios para as doces e temidas exigências da alimentação infantil. O sabor do morango anunciava em sua boca o morno paladar de uma menina que a ansiava desde aquele macio leito de vísceras.

Meu pai apenas se movia pela casa, com tristeza. Isabel passava as horas na cadeira de balanço da varanda, os olhos ligeiramente extraviados em um horizonte entediado, os lábios como se entoasse uma inaudível canção de ninar. Buscava sinais e se deleitava em interpretá-los de acordo com sua vontade, impostando a voz para acentuar o toque oracular que tanto convinha a seus fins. Enquanto se embalava, acariciava a barriga e assegurava que a variedade dos golpes que lhe eram constantemente aplicados permitia distinguir os chutes de sexo feminino dos de sexo masculino, mais brutais.

Quando alucinada, Isabel se punha muito bonita e eu agradecia aos céus que não fosse minha mãe, já que, desse modo, tinha certa liberdade para a imaginação que meus doze anos pediam. Seus olhos brilhavam fascinados por luzes que me eram desconhecidas, seu corpo vislumbrava movimentos que não se podia aceitar. Os seios se agitavam, túrgidos, ante aquelas imagens que desfilavam diante de seus olhos, ovelhas desgarradas que nenhum pastor poderia reconduzir à razão do rebanho. Eu gostava de vê-la naquele estado de entrega. Não era tanto imaginar-me fazendo-lhe coisas, mas a ideia de que podia fazê-las sabendo que ela não tinha consciência alguma agregava um aditamento novo a meu prazer. Às vezes, tinha uma forte tentação de deslizar a mão entre suas pernas, de percorrer seus joelhos pressionando os ossos e afundando os polegares naqueles locais mais polpudos, onde a iminente maternidade havia retido líquidos que davam uma aparência esponjosa à pele, uma ousadia que em seu estado de consciência ela jamais permitiria, apertar de acordo com minha vontade, como podia ter feito nesses momentos. Não faltaram ocasiões em que eu maldisse meu irmãozinho, que tinha a fortuna de vaguear por ali, grudado no ventre dessa fêmea preciosa.

Um mês antes do parto, Isabel vislumbrou algo que a fez despertar aterrorizada. Afirmou que uma alma escura havia sussurrado entre seus sonhos que o assunto dos gêmeos não era mais que uma invenção sua. Chorou. Logo seu choro adquiriu um matiz de espasmo, como se pequenos afogamentos lhe impedissem de continuar e a tristeza houvesse se instalado na base do estômago, que não se podia ver porque o ventre estava bastante alto, já que aos oito meses de gravidez, como lhe disseram, o feto muda sua posição e põe as pernas para cima. Meu pai, que havia aceitado a loucura de Isabel, não pôde tolerar sua tristeza. Era uma tristeza viscosa e salgada, como um peixe apodrecido. Enquanto a jovem se convulsionava de tanto chorar, a barriga parecia uma gelatina num prato que alguém balança. Por um momento acreditei que esse ventre enorme podia se desprender do corpo, digamos assim, principal. Quando ela cedeu seu corpo por completo ao abatimento, meu pai a abraçou e quis reanimá-la. Disse a ela que a diáfana vontade pela simetria, com a qual o Criador havia gerado os corpos, seguramente daria razão a ela. Seriam gêmeos.

II

Isabel começou a sentir umas suaves contrações às dez da manhã. A princípio, acreditou que se tratava daqueles fogaréus de prazer que brotavam de suas entranhas. Mas logo sentiu que os gêmeos começaram a chutar mais forte, como quem bate à porta em meio a uma tormenta. Em seguida, viu um charco translúcido sob seus pés e supôs que estava caminhando sobre as águas do mar e que, tal como haviam vaticinado os doutores, rompera-se a bolsa de canguru que, com o perdão da expressão, todas as fêmeas levam por dentro. Recobrando-se dos prejuízos contra a falsidade médica, a jovem pediu a meu pai que a acompanhasse até a maternidade. Não me agradou nada que meu irmãozinho tivesse querido molhar minhas sapatilhas novas para nascer e que mostrasse tanta desconsideração ao escolher para isso justo a hora de meu filme favorito. Mas devia aceitá-lo.

Ao chegar, as coisas se precipitaram. Os médicos acomodaram a parturiente no hall de entrada. Não houve tempo de levá-la até a sala de cirurgia porque a cabeça do bebê começou a aparecer entre suas pernas. Justo nesse exato momento, em um ato temerário, a criatura — metade humano e metade peixe, parecia um Tritão ensanguentado — elevou a cabeça como se desde já tivesse rechaçado a possibilidade de baixá-la em sinal de submissão, e tenha vindo ao mundo tentado a realizar um gesto altivo, uma insubordinação prematura e efêmera. Ou quem sabe uma repentina curiosidade, um afã de inspecionar antecipadamente o que havia fora da água, um espanto indevido, de tal modo que sua testa e seu queixo acabaram atravessados no canal materno até que grandes pinças de fórceps, umas ferramentas para transformar peixes em sereias e sereias em peixes, o extraíram sem escândalo.

Poucos minutos depois, Isabel começou a reclamar, aos gritos, que trouxessem de novo as pinças para extrair a menina de sua barriga, que se não se apressassem, a pequena Lucía ia morrer afogada no pântano revolto de suas entranhas. Ante um sinal do médico, apareceu um enfermeiro e lhe aplicou uma injeção que a fez dormir de imediato. Um silêncio espesso capturou as vozes do hall de entrada. Ninguém disse uma só palavra enquanto conduziam a maca até o quarto.

Meu pai esperou que sua mulher despertasse e lhe disse:
— Me asseguraram que teu ventre está vazio, de modo que o melhor será te adaptar a isso.

Por vários dias Isabel não quis ver o pequeno Lucio. Não é que não quisesse seu filho, mas vê-lo aumentava a dor pela menina que havia perdido. À noite, escapulia de seu quarto e passava horas a caminhar pelos arredores da clínica, buscando sua filha entre os latões de lixo, onde, por instantes, acreditava ouvir um chorinho abafado. Ao voltar, se detinha na entrada da maternidade olhando fixamente para as mães que carregavam bebezinhas pequenas, algumas vezes acreditando reconhecer seus próprios traços nos rostos inescrutáveis das recém-nascidas. Os enfermeiros, ao vê-la, acompanhavam-na até seu quarto e pediam que não voltasse a sair, de modo que, quando lhe deram alta, todos sentiram um grande alívio.

Ao voltar para casa, decidiu aceitar os fatos, dessa vez de maneira definitiva. Temia enlouquecer. Foi assim que disse a meu pai. Quase não houve palavras e somente se permitiu derramar duas ou três lágrimas. Cavou um buraco no jardim, colocou ali as roupinhas cor-de-rosa bordadas com o nome de Lucía. Banhou todo o conjunto com álcool e ateou fogo. Pediu que a deixássemos sozinha. Passou a noite sem chorar, observando a pequena fogueira, envolta nos cobertores que meu pai lhe alcançou. Pela manhã, pediu que a ajudassem a tapar as cinzas com terra e a plantar um roseiral em memória de quem, recém então soube ou lhe disseram, nunca teria nascido. Não voltou a falar do assunto.

Dois dias depois, retomou os afazeres domésticos com determinação e se dedicou ao meu irmão Lucio, também soube cuidar de mim ajudando-me nas tarefas das quais meu pai não podia se ocupar. Às vezes, se abria um abismo frio em seu olhar, mas era quase imperceptível e nunca durava mais que um instante. Não seria exagerado dizer que seu sorriso, depois do que aconteceu, havia se modificado, ainda que fosse muito difícil determinar onde residia aquela sombra aterrorizante. Para além desse voejar do insondável, porém, a normalidade havia voltado e meu pai estava contente, enquanto meu irmão e eu desfrutávamos de sua atenção.

Havendo passado tantos anos daquele momento de loucura, ninguém poderia acreditar que, sob aquela aparência de normalidade, ela conservara intacta ainda sua antiga convicção. Meu pai encontrou as pinças de fórceps jogadas no banheiro, junto de algumas manchas de sangue. Nesse momento se deu conta e saiu a procurá-la. Encontrou-a no jardim, com o olhar fixo. A terra onde deviam descansar as roupas da pequena Lucía havia sido removida muito mais do que de costume pelo jardineiro, e as roseiras que ordenavam aquele quadrado trágico, que dominava o jardim, estavam desalinhadas e, até, irreversivelmente danificadas. Meu pai, então, perguntou a ela o que significava tudo aquilo. Ela lhe respondeu ao ouvido. Ele então chamou a ambulância. Isabel aceitou docilmente, com determinação, quem sabe também com a fidalguia que caracteriza as decisões dos loucos. Isso não muda nada, disse. Em seguida, acrescentou que seu paladar tinha gosto de morango e, ao respirar, sentia o perfume da água do mar dos peixes disfarçados de índio dentro de meninas disfarçadas de roseirais.

Tradução de FLÁVIO ILHA

ALEXANDRE KUMPINSKI é cantor e compositor. Indicado no Prêmio Açorianos de Música a melhor intérprete e melhor compositor pelo trabalho nos álbuns *Apanhador Só* (2010), *Acústico-Sucateiro* (2011) e *Antes que tu conte outra* (2013), da banda Apanhador Só

Alexandre Kumpinski
Flutuante

Fica olhando os movimentos de alguma água tranquila. A cada folha que cai ou inseto que se mexe, os círculos ondulatórios concêntricos que se formam fazem ele pensar em como o som viajando pelo ar deve fazer de forma invisível o mesmo tipo de desenho. Talvez com a diferença de que no ar o movimento se dê mais tridimensionalmente, se é que isso é possível. Ou quem sabe na água se dava o mesmo que no ar: ondas como esferas concêntricas se afastando do seu ponto de origem sempre com a mesma velocidade mas com intensidades e desenhos ligeiramente diferentes, perdendo força aos poucos até sumirem em *fade out* ou colidirem nalguma margem se transformando em movimento de vegetação ou derrubando algum naquinho ínfimo de terra ou quem sabe batendo e voltando em contraondinhas que vão se chocar com as ondinhas que acabaram de ser e que continuam de alguma forma sendo mas em vetor contrário e criando uma espécie de resistência ao fluxo do seu próprio pulso original no que os técnicos de áudio e especialistas em mixagem e engenheiros de som e outros tipos de profissionais artístico-científicos chamariam de cancelamento de fase que é o que acontece quando ondas sonoras muito parecidas se chocam em sentidos opostos resultando em algo parecido com o silêncio.
Pensa nas polarizações.
Em baterias e bactérias.
Em takes, em makes, em fakes.
Nikes, snacks, snakes.
Os Los Angeles Lakers em livre tradução seriam "Os anjos lagoeiros"? Betty Lago nos anos 90, ombreiras, restaurante, 4x4.
Humberto's queixo
Bete Ombro

Reserva/Licença-pra-dois
(entrega os tacos)

A bola Mercur deformada no instante em que a energia potencial do sistema tacofeitodemadeiradoterrenobaldio-bolinhacompra danocamelôdocentrinho-tacadacomgostojáqueveioquicandoaltinha está prestes a disparar num fluxo cinético uniformemente refreado pelo ar embebido em maresia a uma quadra da Beira Mar rumo a um para-choque de carro de algum vizinho já previamente indisposto com a brincadeira na calçada próxima demais do seu beloved carzinho ou mesmo às alturas traçando uma exemplar parábola por sobre um dos edifícios de permitidos no máximo 3 andares resultando numa possível e agridoce bolinha perdida que será motivo de orgulho pelo desempenho da tacada e ao mesmo tempo de pena pelo desperdício do material lúdico enquanto as palavras "reta" e "nãoreta" se engatilham na ponta das línguas prontas pra serem sacadas dos coldres-boca assim que se rascunhar meramente a trajetória futura da pequena esfera. Tudo tão prestes, tudo tão vivo, nada definido.
    Lembra que ouviu falar de um carregamento de artigos desportivos que teria caído por acidente no mar liberando milhares de bolinhas de pingue-pongue que navegaram por meses ou anos pelo globo ao sabor das correntes e que aos poucos foram sendo encontradas em longitudes e latitudes insuspeitadas pelos oceanólogos revelando conexões interaquáticas cabulosas nunca dantes registradas. Talvez fossem artigos de cama, mesa & banho e boiaram patinhos de borracha no lugar das bolas de Ping Pong

ou bolas de Ploc

Mini Chiclets

    Balão
          } Surpresa
Chocolate

Garras, unhas, dentes

Fileiras

O tubarão deve sentir as ondulações debaixo d'água como quem escuta fora dela. A linha lateral dos peixes. A linha lateral do campo, o bandeirinha correndo nela e a linha de impedimento. A costura na bainha do calção. O movimento do atacante penetrando na zaga. A vaga, a onda, o vago e o indizível. Capaz de serem parecidas mesmo, a sensação dos peixes captando os movimentos das moléculas de água empurrando umas às outras até se chocarem com suas linhas laterais e a sensação das moléculas de ar movimentando nossos tímpanos e bigornas e martelos traduzindo-se em músicas e sussurros e gritos de socorro. Movimento mecânico ondulatório de partículas gerando impulsos elétricos interpretáveis por um cérebro ao atingir um corpo vivo. Ar mexendo pele fina. O tato da audição. Moléculas que viajam pelo ar sendo reconhecidas quimicamente pela pele mucosa no fundo de narizes. O tato do olfato. A pele, o osso, o pelo e o Pelé. O corpo reagindo e tomando suas próprias decisões independentemente de arbítrios. Um gol se faz raciocinando menos e fluindo mais. Ou pensando com o corpo e não com a mente. Um gol não é nada. Um gol é tudo. Um gol é nada. Um gol não é tudo. O curioso, confuso e contraditório uso do "não" na língua portuguesa. A língua, o tato, o tubarão, o mar.

Imaginava e desejava um aparato mago-tecnológico que mostrasse dados do que quer que sua curiosidade alcançasse. Um óculos que lhe dissesse no ato quantas pessoas no mundo exatamente nesse momento nasciam. Ou morriam. Ou engasgavam. Ou quantos quilos de arroz branco haviam sido consumidos entre as 12h e as 14h dentro do perímetro urbano da Grande Porto Alegre. E quantos átomos continha a gota de baba que acabara de pingar da boca mole e rubro-negra daquele cachorro que passa lutando contra o trajeto de passeio imposto pelo dono e sua coleira mais ou menos como um peixe fisgado tentando se livrar do anzol.

E pensar que tudo deve ter começado com uma aproximação baseada em interesses profundos, primitivos e absolutamente primordiais: canídeos famintos cercando acampamentos de humanos em busca de sua próxima refeição > humanos jogando pedaços de carne pras feras pra não acabarem sendo eles mesmos devorados > canídeos se acostumando ao fato de que ficar perto daqueles bichos estranhos fazedores de fogo lhe rendiam fáceis e suculentos petiscos > a mão que joga a carne cada vez mais perto > alguma alma mais chegada ao prazer dos perigos inúteis que resolve entregar o quitute direto na boca do animal > os primeiros e receosos afagos na pelagem do cangote >>>>>>>>>>>>>>>>>> o melhor amigo do Homem preso num prédio de apartamentos comendo ração seca esperando a hora de dar uma voltinha na quadra amarrado pelo pescoço e todo o amor envolvido no ato.

Imagina ele se encontrando consigo mesmo em uma intersecção de dobras do espaço-tempo. Os dois eles se cruzando na rua separados por algumas décadas de idade. O estranhamento, a nostalgia e a novidade das roupas, dos cabelos, das posturas. Será que teriam se tornado algo ridículo aos seus próprios olhos? Ou ficariam orgulhosos do que já foram e viriam a ser? O que conversariam? Que tipo de choque filosófico/social/estético/emocional se daria ao se depararem com as diferenças de entendimento entre os mundos que cada um dos dois agora seria? Caberiam conselhos, lembretes, abnegações? Um abraço? Que tipo de abalo isso representaria nas águas profundas dos seus inconscientes compartilhados? Seria possível a partir disso qualquer coisa de alguma forma mudar?

O cachorro abana o rabo. O dono sorri, afxgado.

Fernanda Pereira Breda é psicanalista, membro da Associação Psicanalítica de Porto Alegre (APPOA). Mestre em Psicologia Social e Institucional (UFRGS)

Fernanda Pereira Breda
Koroneik

Acordo. O peso do corpo sobre a cama. Estendo o braço ao lado e encontro o celular na cabeceira. A intensa luz branca ofusca meus olhos que quase se fecham. Três e vinte. Ainda há bastante tempo até o amanhecer. Com o afã de retornar ao sono, viro para o outro lado. Como se virar de lado desencadeasse um movimento conclusivo maior: se viro de lado, desviro o acordar e deslizo novamente para dentro do sono. Dois lados, sono e vigília, condensados em apenas um movimento lateral do corpo sobre a cama.

Acho graça desse pensamento e, na inércia da associação infantil, passo a virar e desvirar o corpo. A brincadeira me desperta ainda mais. Com o movimento, as ideias acordam e começam a se reproduzir exponencialmente. Sei que na escuridão do quarto elas tendem a se expandir, tomar conta de tudo, gerando um vácuo de frases excessivamente conexas. Que isso não se repita, não a essa hora da madrugada. Busco o silêncio da rua ao mesmo tempo em que estendo a mão e tomo, novamente na mesa de cabeceira, o último livro da pilha. Finalmente, decido que o dia pode começar mais cedo e acendo a luz. O livro pesa em minhas mãos, exige um tensionamento que não tenho a essa hora da madrugada. Dobro as pernas e, com apoio, abro sua capa dura. Livro antigo, com marcas do tempo e um leve cheiro de umidade. Abre-se outro universo dentro do quarto. Movimento simples, tantas vezes repetido por mim. Leio algumas linhas sem saber o que leio, resistindo a me perder na história.

"Sei de uma jovem da geração 'romântica' que, durante longos anos passados a esconder um amor enigmático, deu em maquinar obstáculos insuperáveis à união com o objeto de seus amores, de quem poderia ter feito seu esposo com toda facilidade, e acabou por se lançar, numa noite tempestuosa, do alto de um precipício em cujo fundo rugia a corrente caudalosa de um rio. Matou-se para satisfazer assim uma emulação caprichosa de Ofélia shakespeariana. Mas se o precipício, paragem predi-

leta dos seus sonhos fora menos pitoresco e o rio deslizasse por uma margem plana e monótona, certamente o suicídio não se teria consumado."
Uma ironia do autor? Está ali, logo no início de *Os Irmãos Karamazov*. Trecho insólito. Naquele momento pareceu-me isolado no andar da narrativa. Vou precisar avançar mais um pouco para enlaçá-lo à história. De qualquer forma, para além do amor de Ofélia, o que se destaca é essa ideia sobre a cena. Certos cenários capazes de convocar um suicídio! Fragmentos do texto ficam ecoando pelas paredes do quarto. Noite tempestuosa, um precipício, o rio caudaloso. A tormenta na escuridão, a imensidão do vazio e o que corre ao longe e tudo leva. O desejo de ir, de ser levada sem paradeiro para... para onde? Pelo ir.

O cenário parece oferecer as condições para que o movimento do "lançar-se" não cesse. O que, na primeira leitura, havia parecido insólito, um capricho do escritor, agora toma outra perspectiva e a riqueza do texto desloca em mim a impressão inicial de ironia. Subitamente, atinge-me — acesso outra face, a delicadeza da escrita. Talvez seja pela noite, devo estar mais sensível. A leitura toma outros tons nas insônias, pode ser isso. Com a superfície do texto mais porosa, jogo-me em seus pequenos vãos, lanço-me sem perceber nos precipícios de meu ser. Sigo na leitura, mas nada mais prende-me ali.

Deslizo para uma cena do passado, um passado não muito próximo. Encontro minha mãe. Está especialmente agitada e falante. O dia anoitecendo e ela me estendendo um copo de cerveja. É um belo entardecer, o pôr do sol tinge de um amarelo-dourado sua imagem envelhecida. É muito clara essa lembrança. Ao mesmo tempo tenho uma forte sensação de ausência. Olho para ela como se eu não estivesse ali. Estamos na varanda e lembro ter pensado em fazer uma foto. Talvez para fixá-la em uma imagem. Ou para fixar-me do outro lado da câmera.

Os contornos também se perdem com o entardecer. Ela começa a beber e segue falando, agora em outra direção, sobre seu casamento: fala do desejo de separar-se. Fala de seu homem. Tento dizer algo. Em vão, não consegue ouvir, precisa falar — seu homem era meu pai. Um homem de poucas palavras. E eu ali, em silêncio. Num instante, me dou conta de que a ideia de fotografá-la desaparecera por completo sem que eu tenha feito a imagem. Percebo, então, a distância não mais em mim, mas entre nós. Decerto, ela está no ponto da nitidez, excessivamente viva, e eu, fora de foco, quase um borrão. Que idade teria nessa cena? De qualquer forma, há um hiato.

Em uma palavra, duas letras intensas se separam, o que se traduz nesse instante também por seu movimento: ela desaparece, entra em casa. Volta com uma caixa em suas mãos. Abre e recolhe uma foto 3x4, um amor de sua juventude que se fora — um homem jovem, pele morena, parecia ter um olhar longínquo. Sem pensar muito, viro a fotografia, inúmeros pontos de mofo formam um bordado em torno de um endereço ilegível e um carimbo, *Tupã Fotos*.

Lembro que, ao tomar aquela pequena imagem das mãos de minha mãe, pensei que se tratava de um amor romântico... Minha mãe, uma mulher romântica!? Jamais teria pensado nessa possibilidade não fosse esse recorte do tempo. Quando bebia, apagava-se nela o traço predominante, o senso prático de mulher que faz. Revelava-se em movimentos desarticulados, um corpo sem paradeiro. Eu a odiava intensamente. Talvez por isso me deixasse ir: tornava-me etérea, volátil.

Sorri, devolvendo-lhe aquele pedaço de papel. Um simples gesto de filha para mãe. Um gesto potente, quisera eu me desfazer por completo do que essa foto falava também de mim. Assim, junto com a foto, lhe devolveria o que, de certa forma, já estava marcado em meu corpo, esse amor ideal cujo abismo é o suicídio. Isso não quero. Lembro de ter-lhe perguntado vagamente sobre as razões de sua partida. Quem, filha? Esse homem, o da foto.

Andar nesse caminho era avançar desfiladeiro afora, adentrar um tempo remoto, nunca vivido, que eu só acessava na medida em que minha mãe seguia sonhando. Ali ainda nos encontrávamos. Era meter-me na fantasia de uma mulher cujo desejo de ter filhos não tivesse nome, não tivesse meu nome. Lembro ainda de pensar que é possível existir e não existir ao mesmo tempo, como um dos tantos esconde-esconde que fazíamos. Com certeza, ficaria me procurando por muitas horas. Sabia bem me fazer invisível, esquivar-me de seu campo de visão.

Foi morar em outro estado, seguir os estudos de medicina, disse ela... Pensava em me levar junto... Chegou a me convidar... Mas não pude ir. Nesse momento, serve mais um copo. A espuma transborda pela lateral do vidro, escorre, molha minha mão, desce para o chão e avança rumo ao ralo. Ela segue falando. Ao menos sentou-se, pensei. E por que não pudeste ir? A pergunta ficou no ar. O silêncio ecoou mais forte e as palavras não vieram. Em um instante e sem me aventurar mais, no vazio que ficou vislumbro minha insuficiência (o desejo de poder ter sido para minha mãe aquele homem).

O sol desce um pouco mais, deixando a varanda mais escura, mais triste. Lembro de beber o que sobrara da cerveja no copo e olhar em direção ao sol que já se fora. Mais uma vez bebíamos juntas ao entardecer e isso para mim tinha um gosto especial. Sempre assim: o sol indo embora, ela se levantando ao mesmo tempo em que falava, levava os copos para a cozinha e me deixava no silêncio da varanda. Esse contraste de sua voz sem pausas tornava o silêncio ainda mais pleno. Seu movimento, especialmente naquele dia, agradou-me. Solidão.

Quero te dar um presente, disse sorrindo. Tomou-me pela mão e fomos ao pátio. Mostrou-me algumas flores que havia plantado ao longo do dia, nomeando uma a uma. O tema do amor impossível se arrefeceu, foi-se com o sol e com o olhar sobre o jardim que florescia. O presente era uma pequena oliveira, de uma variedade grega chamada Koroneik. Era dos olivais de uma prima. Lembro claramente que ali falou algo que soou enigmático: que era uma árvore muito resistente e que plantasse próxima a mim para jamais esquecer da brevidade da vida. Na hora achei dramático, um tom característico que costumava imprimir a certas frases quando estava macambúzia, buscando nas palavras uma intensidade que elas não comportavam.

Macambúzia, uma palavra que ouvira muitas vezes em sua boca e que, sem saber bem seu sentido, ligava à cor preta. Agora acho que havia um lado obscuro, uma sombra que se debatia dentro dela e sua incompetência em contê-la era visível. Não sei dizer se apostava que eu seria capaz de contê-la, se era um excesso de confiança, ou se nesses momentos era-lhe impossível olhar para fora de si. Mas muitas vezes vi o copo se encher e o movimento da cerveja subir, essa onda que vinha sobre mim.

Como em uma peça de teatro, interrompida bruscamente com o acender das luzes da plateia, minha mãe se desloca da cena e se coloca atrás de meu corpo, muito próxima. Em meu ouvido irá sussurrar que, na verdade, ela nunca havia pensado em se casar, muito menos em ter filhos. Que eu me equivocara imensamente. E que ainda era jovem, que não seguisse esse caminho. Falou-me como se olhasse um espectro, um vulto. Não falava para uma filha. A partir desse dia, tive a certeza de que seu olhar me atravessava.

Preciso ir ao banheiro. Graças aos copos de cerveja, retomo minha consistência em um mijo sem fim. Dou descarga enquanto vejo um resquício de sua sombra atrás de meu corpo no espelho. A clássica imagem da assombração. Parece até que ainda a quero perto de mim. Brinco com isso, mesmo que de madrugada, com essas sobras do passado.

Agora estou aqui, insone em minha cama vazia.

Lembrei-me da muda da árvore, que era pequenina quando trouxe para casa e que tinha um galho quebrado. Mordida de bicho, dissera minha mãe. Naquele dia, duvidei. Preferi achar que era acidente de percurso, pois veio de longe, de uma terra distante. Árvore que cresce no deserto, em solos áridos. Seus ancestrais deram-lhe como legado a postura ereta e clássica, a intensidade das grandes tragédias e a vida em comum. É uma árvore que vive muitos anos, atravessa gerações. Tem um sentido de força, de algo perene. E somente por seu avesso lembra a brevidade de nossas vidas.

Agora está sozinha em meu pátio. Mas mesmo sozinha segue crescendo, forte e robusta. Uma tênue claridade começa a quebrar a escuridão do quarto. Posso dormir um pouco mais. Ouço ao longe um barulho compassado. Plec, plec, plec. Algo como pulos ou passos de dança. Plec, plec, plec. O som seguia com batidas leves e ritmadas. Já amanhecia. Deve ser a moradora do apartamento de cima. 1-2-3-4-5-6. O som ia e vinha. Comecei a contar. 7-8-9-10-11. O livro ainda aberto desliza para o lado e adormeço profundamente. Sonho com minha mãe trilhando corda. A outra ponta está amarrada ao pé da oliveira. 1-2-3, entra! Ela grita, rindo muito: entra! Não sei se entrei ou não, lembro de ter-me inundado em seu riso. A diversão era ela.

Ao acordar, abro a janela do quarto e vejo que o vaso da oliveira parece ter se deslocado, um leve avanço, um pouco mais para esquerda em direção ao muro. Os fantasmas de minha mãe podem estar rondando, ajudando-me a colocar as coisas nos seus "devidos lugares". Ou talvez esteja enganada, está tudo no mesmo lugar, digo para mim mesma. Acordei pensando nesse sonho noturno. Entra! Havia pulado corda no dia anterior e, com as pernas doídas, devo ter evocado essas imagens para seguir dormindo, só isso, nada mais. Fui ao jardim. Lá estava ela paradinha em seu lugar. Imóvel como estátua de mármore. No entanto, suas folhas verde-prateadas estavam molhadas de orvalho e com uma coloração esbranquiçada. Suor?

De súbito, lembrei-me o que me fizera perder o sono na noite anterior. Um outro sonho, logo antes ao acordar da madrugada. Corria com muita velocidade, fugia de algo que não tinha corpo, era como uma lembrança insólita, sem imagem — uma ideia? — sim, uma ideia. Uma ideia sonora, avançando em um ritmo frenético: plec, plec, plec. Era a morte que vinha a galope. Sigo correndo, com dois olhos bem definidos: um mirava à frente e o outro calculava a distância daquilo que cada vez mais se aproximava. Chego à beira de um precipício, um rio caudaloso rugindo lá embaixo. Nesse momento se coloca uma escolha: pular e morrer ou ficar e morrer. No ímpeto e mesmo atraída pelo vazio sem fim, sigo sem parar, meu corpo avança mesmo sem chão, na inércia do se lançar. Flutuo em uma lentidão infinita, prazerosa. Sei que estou caindo. Vivo o gosto da queda livre, orgástico. Molhada corpo e alma, dirijo meu olhar àquela que ficou lá em cima. Morri? Não morri? A dupla possibilidade, suspensa, me faz retornar ao quarto. Plec, plec, plec. Acordo. O peso do corpo sobre a cama. Estendo o braço ao lado e encontro o celular na cabeceira.

Luciano Mattuella é psicólogo, psicanalista, mestre e doutor em Filosofia (PUCRS). É psicanalista membro da Associação Psicanalítica de Porto Alegre (APPOA). Autor dos livros *Os futuros do passado* (2017) e *O corpo do analista* (2020)

Luciano Mattuella
Spoiler

"Posso te dar um *spoiler*?"
Fico em silêncio por alguns segundos. Sei que Alberto não vai seguir falando sem algum sinal de assentimento meu. Está realmente esperando uma resposta. Então, digo: "Bom, um psicanalista não pode se importar muito com *spoilers*. Diga".
"O cara sai da metade pro fim do seriado. O Steve Carrell. Começou a fazer filme e acho que largou de mão de série. E, olha: *The Office* ficou muito melhor sem ele."
"Mas ele era um personagem central, não?", pergunto, sem saber muito bem por quê.
"Sim! Mas aí que tá. Eu já tinha visto o *The Office* britânico, com o Rick Gervais. Vou te dizer: o original britânico é muito melhor. Tu já viu?"
"Não, não vi. Por que é melhor?"
"Ah, tu sabe: o original é sempre melhor do que a cópia."
Depois dessa frase, Alberto ficou em silêncio. Parecia inquieto no divã. Tentava acomodar as costas na almofada, não achava lugar para os braços. Como se estivesse deitado em uma cama de faquir. Já eu senti como se meu corpo todo estivesse envolto por uma daquelas meias de compressão que se usam em viagens longas. Um aperto desconfortável.
"Bom, acho que podemos ficar por aqui hoje", digo, batendo de leve no lado do divã, como me acostumei a fazer um tanto por cacoete, outro tanto por superstição.
Alberto levanta de um só movimento, soltando um suspiro aliviado. Vamos em direção à porta e percebo que ele está com o crachá da empresa em que trabalha, algo que nunca tinha acontecido. Percebendo meu olhar, Alberto diz: "Ah, me esqueci de tirar isso. Hoje passei o dia em reunião por causa daquela merda lá dos freios. Te falei, não?". Vendo a minha cara de hesitação, ele conti-

nua, já na sala de espera:

"Os caras viram que realmente deu merda. Todo dia tá chegando notificação das concessionárias: tão achando que mais de dez mil carros saíram com a peça errada. Ninguém sabe o motivo... Se alguém se passou ou se foi cretinice mesmo. Mais de dez mil carros saíram e tão por aí, circulando com uma peça genérica. E, pior, parece que isso foi em toda a América Latina, ou seja, não tem nem como saber de verdade. E, pior *ainda*, tá aumentando a quantidade de acidentes com esses carros."

Alberto tinha comentado isso de passagem há pouco mais de um mês: na época, se achava que meia-dúzia de carros tinham saído da fábrica com uma peça de reposição, e não com a original. Esta palavra — "original" — agora abre um rombo em mim, sinto um vazio súbito, como uma peça faltando. Alberto parece também sentir algo, fica me olhando, a porta de vidro que dá para o corredor já aberta, mas ainda com um pé dentro da sala de espera. Ele segue falando:

"Tu sabe o que o cara lá, o grandão, disse pra gente? Ele disse que não tem como a gente fazer *recall*, que isso seria expor a gente, que ia perder credibilidade. Daí o cara prefere pagar quando alguém entra na Justiça. Tipo, dane-se se alguém vai morrer, entende?".

"E o que tu pensa em fazer?", eu perguntei, repetindo, dando voz à pergunta que eu fiz pra mim mesmo na minha cabeça.

"Sei lá. Não posso sair por aí falando disso. Aliás, nem a Cris sabe disso, eu só contei pra ti. É informação confidencial, sigilosa." Alberto fazia aspas com as mãos. "Sei lá, mesmo. Acho que vou ter que aprender a conviver com essa culpa, sabendo que pode ter gente morrendo porque eu não tenho coragem de vazar isso, das peças de reposição."

Fico olhando para o crachá. A foto ali é de alguém dez, talvez quinze anos mais novo. O Alberto de agora tem mais cabelo branco e parece mais pálido. Chego a pensar em comentar isso, mas no último momento acho melhor não. Penso pra mim mesmo: "O original é sempre melhor que a cópia". Em outras épocas, eu teria repetido isso pra ele. Fiquei quieto e, em poucos segundos, entendi que fiz isso mais pelo Alberto e menos pelo Freud.

"Difícil isso, Alberto. Bem difícil", digo, trazendo o corpo de volta para dentro do consultório. "Te vejo semana que vem."

Alberto prontamente fecha a porta de vidro, abanando desde o outro lado, em despedida. A luz do corredor demora alguns segundos para acender — o sensor de presença é um pouco longe da minha porta. Quando, enfim, tudo se ilumina, vejo o meu próprio reflexo no vidro e, de fundo, a avenida Carlos Gomes com seus prédios altos, as salas comerciais como olhos estatelados, e as filas de carros.

Arrumo as revistas da sala de espera, coloco o *notebook* e o meu bloco de anotações dentro da pasta de couro e sento no divã, pensando que é melhor esperar o trânsito acalmar um pouco para sair. O supermercado é um inferno a essa hora na sexta-feira. Imagino Alberto dirigindo de volta para casa e sinto um gosto ruim na boca, um amargo que queima. Não consigo deixar de pensar o que ele deve estar sentindo com isso das peças de reposição. E, pior, o que eu posso fazer agora que *eu* também sei disso? Agora que eu sei que existem milhares de carros andando por aí com uma peça frágil, substituta. Caminho até o corredor do prédio e olho de novo para a avenida salpicada das luzes vermelhas dos freios dos carros. Fico um bom tempo ali, vendo aquela avenida pulsando. Sinto um alívio infantil ao perceber que todos carros paravam na sinaleira.

Pelas nove da noite finalmente chego em casa, equilibrando a minha pasta com meia-dúzia de sacolas pesadas. Deixo as sacolas em cima do balcão da cozinha e procuro de relance pela Rita. Ainda não chegou. Essa época de final de ano é sempre assim: a agência suga tudo do pessoal para dar conta dos *deadlines*. A Rita sempre chega bufando de raiva, mas, no fundo, ela meio que se viciou na adrenalina de trabalhar com os prazos tão curtos. Uma vez eu brinquei com ela que talvez fosse melhor a gente passar a ceia de Natal lá na agência, mesmo, para caso algum cliente precisasse de um último retoque em alguma arte. Ela olhou pra mim com uma cara de quem já tinha realmente cogitado isso. Eu não falei mais nada. O celular vibra no bolso da calça, mensagem da Rita: "Caiu a merda da internet aqui. Vou ficar até mais tarde. Teu pai ligou confirmando o almoço lá amanhã. Xxx".

Eu sempre dou um sorriso quando ela coloca "Xxx" no final da mensagem, como uma adolescente escrevendo para um amigo.

É de propósito, claro. Ainda quando a gente namorava, ela dizia que, mesmo tendo já seus vinte e tantos anos, ela queria ter um namoro de adolescente. Eu achava que ela queria dizer que não iria levar a gente a sério, mas uma noite a gente estava conversando antes de dormir e ela disse que tinha tido uma adolescência estranha. Eu lembro de ter respondido que toda adolescência é estranha, ou não é adolescência. Achei que ela iria rir, mas ela ficou séria. Não falamos mais disso. Pensando agora, eu devia ter feito o mesmo que fiz com o Alberto: ter ficado quieto e ter poupado ela de uma interpretação fora de lugar.

"Putz, haja saco. Vou fazer comida pra gente." Hesitei um pouco e completei, antes de enviar: "Xxx".

Mesmo Rita não estando, coloquei os fones para ouvir música enquanto eu cozinhava. É curioso, mas nunca gostei de música alta em casa — sempre acho que estou atrapalhando, como se houvesse mais alguma pessoa o tempo todo junto. Fico meio maravilhado com esses fones *bluetooth* que começam a tocar música assim que a gente encaixa eles nos ouvidos.

Para cozinhar, gosto de ouvir *Morphine*. Comecei a cortar os medalhões de carne e, por algum motivo, me lembrei de uma história que o Pedro me contou: o vocalista do *Morphine* — alguma coisa *Sandman* — morreu no palco, de ataque cardíaco. Nunca confirmei se isso é verdade. Sinto uma coisa estranha quando escuto música de pessoas que já morreram. Por um lado, admiro que alguém tenha conseguido deixar um legado; por outro, não deixo de pensar que estou ouvindo a voz de alguém que não está mais aqui.

Penso de novo no Alberto quando viro a carne na frigideira, para selar antes de assar. Será que eu deveria falar com a Rita sobre as peças dos carros? Ela é bem mais pragmática que eu, provavelmente me diria para deixar isso de lado, que tudo que se passa dentro do consultório tem que ficar ali, que eu não tinha responsabilidade sobre isso. Mexo os lábios, em silêncio, cantando junto com a voz de Mark — isso, Mark! — Sandman: *"I propose a toast to my self control / You see it crawling helpless on the floor"*. Sorrio com a ironia.

Coloco os medalhões no forno e pego dois tomates de dentro de uma sacola em cima do balcão. Lavo com cuidado para ter certeza que passei água em toda volta. Demoro nisso provavelmente mais do que precisaria. Sempre essa sensação de que eu preciso fazer algo a mais, como que provando algo para alguém. Mesmo sozinho. Em casa. Cozinhando. Corto os tomates com cuidado e imagino se Alberto também está preparando a janta agora. "O original é sempre melhor do que a cópia." Merda de frase que ficou na minha cabeça. Ajeito as fatias de tomate em cima das folhas de alface — também lavadas à exaustão — e vou para a sala enquanto os medalhões assam. Sei que não devem ficar muito tempo no forno, ou ficam muito secos. Também tenho que lidar com meus pequenos *deadlines*. Aproveito para mandar uma mensagem para o meu pai: "Precisa que eu leve algo pra amanhã?". Logo em seguida aparece na tela do celular aquela mensagem de que ele está digitando uma resposta. Fica assim por um bom tempo e não vem o retorno. Tento não dar bola para isso e vou para a cozinha ver como anda a carne. Quando volto para a sala, levanto o celular, vejo que hoje é dia catorze de dezembro e sinto de novo aquele rombo por dentro.

Em um dia quinze de dezembro, há quase quarenta anos, o Rafa morreu. Uma febre súbita e muito alta, dois anos antes de eu nascer, e nenhum médico na época soube dizer o que foi, no fim das contas, que matou meu irmão. Meu irmão mais velho que nunca conheci. Eu só soube que o Rafa tinha existido quando a irmã do meu pai, sem saber que era um segredo, contou uma história quando eu tinha uns dez anos. Estávamos jantando na casa da minha avó e ela lembrou de uma vez que o Rafa se escondeu dentro do provador de roupas de uma dessas lojas de shopping e meus pais só encontraram ele quinze minutos depois, vestindo três blusões de moletom um em cima do outro, se olhando no espelho, orgulhoso. A cena foi tão hilária que eles nem conseguiram repreender o meu irmão. Meus pais tiveram então que me contar tudo e eu fiquei muito puto da cara que eles não tinham me falado antes. Eu também tive uma adolescência estranha, imaginando como seria se o Rafa tivesse sobrevivido. Eu sentia a presença do Rafa por todos os lugares.

Rita mandou outra mensagem: "Saindo daqui. Logo tô em casa". Quase no mesmo momento, chegou a mensagem do meu pai: "Não precisa, filho. Meio-dia fica bem pra vocês?". Respondi ambas as mensagens com um *emoji* descompromissado, tirei os medalhões do forno e coloquei tudo sobre a mesa de jantar. Liguei a televisão e coloquei *The Office* no serviço de *streaming*. A versão americana. Não encontrei a original.

Lucia Serrano Pereira é psicanalista, membro da Associação Psicanalítica de Porto Alegre (APPOA). Doutora em Literatura Brasileira (UFRGS) e autora de *O que queres tu de mim* (2011), entre outros

Lucia Serrano Pereira
Chez Lacan

Perturbações, associações no meio deste encontro, e foi ali que aconteceu. Eu voltei lá no *cabinet*. Uma última passada, sei lá, queria guardar a imagem, de alguma forma levar junto.

Abdulaye viu que eu desviei do caminho dos outros e veio. Nós dois ali, em silêncio.

O tom da sala, a penumbra boa para um lugar meio fora do tempo, o divã e a poltrona, de novo a sensação de coisas meio antigas, *charmantes*, mas certo peso. Pequenos objetos, os quadros — isso sempre muito vivo por ali — por tudo, os quadros. Na parede uma máscara, africana, talvez, na escrivaninha algumas estatuetas soltas na lareira, um pouco *a la Freud*.

E a foto, única em todo o apartamento, grande, sem moldura, em um papel acartonado, firme, apoiada na lareira. Uma adolescente de traços finos, bonita, parecia uma colegial com seus cabelos lisos e bem penteados, as mãos em repouso no colo, pose de foto. Pensei em perguntar, quando ele diz "*Oui, c'est sa fille*".

Os outros vêm vindo, não somos muitos, mas não cabem os sete mais Abdulaye ali dentro, alguns ficam na soleira, mas o clima fica próximo, já está perto do final, e nesse momento ele conta. Das vezes em que presenciou a perda das palavras, em um momento ou outro, nos seminários. Do silêncio que passou a ocupar mais espaço, neste lugar onde tudo acontecia, e que a efervescência por vezes era um excesso. Os últimos tempos, a doença, o fato de que ele não quis passar por qualquer tipo de intervenção cirúrgica, mas ele sabia, ele sabia.

Abdulaye conta do tempo de dor e de declínio. E dos momentos finais, quando foi chamado às pressas para o hospital, e depois tudo muito rápido. Não podia acreditar, ou suportar, ele disse, não entendi bem se falou em crer ou aguentar, nesse momento meu francês se embaralhou. Foi então que ele puxou um lenço enorme (por que, meu deus, prestamos atenção a esses detalhes que nos jogam para fora da cena?).

Mas não, não saí, ao contrário. Ele chorava. Não era o enxugar de algumas lágrimas, era mesmo um choro sentido, não estava aos prantos, mas o que estava acontecendo? Nós, nesse momento estarrecidos, perplexos, mas também tocados. Como um choro assim depois de tantos anos? Por que ele estava chorando conosco? Quem ou o que tinha desencadeado o que estávamos presenciando ou mesmo provocando? E ao mesmo tempo uma sensação especial e íntima de que nós tínhamos sido, de alguma forma, escolhidos.

Cerca de duas horas antes, estávamos chegando. Eram onze horas da manhã, janeiro. Formávamos um grupo meio alvoroçado na rua, pelo frio e pela expectativa, reunidos ali na calçada, esperando para entrar. As visitas eram marcadas com toda uma negociação com Judith Miller, a filha. Quem eram, de que país vinham, qual era o contato, até receber o ok ou não. Poucas pessoas, grupos pequenos a cada vez.

Era a nossa hora. Impacientes, pois nossos colegas, que formavam o grupo anterior, demoravam. *"Attendez, s'il vous plait",* diz a voz no interfone.

Não era fácil esperar para entrar no consultório de Lacan. Eles saem, cruzam conosco, não queremos saber de conversa, já dá pra ver o pátio interno, há quem tire fotos junto à árvore. Uma árvore qualquer, comum, a não ser pela cobertura que já se derrama por tudo (é aquela que foi capa de um seminário do Lacan?), que estranheza, que efeito... É entrar e ver por onde isso nos pega.

Fascínio, fetiche? Como fumaça surgindo no palco, discreta, por baixo, até estarmos envoltos em neblina.

Nosso grupinho é recebido (até que enfim!), o homem se apresenta: Abdulaye Yerodia. Ele dá a mão a cada um, olhar direto, fazendo o acolhimento sem pressa. Já se percebe, não é alguém da recepção como um encarregado de abrir e mostrar. Abdulaye vai nos falar.

Ele é o marido de Glória, a secretária de Lacan, que o acompanhou por tantos anos e que chega a ter sua própria fama.

Glória González, vale lembrar, cuidava de tudo. Recebia os pacientes, os distribuía pelas salas de espera, fazia as marcações, organizava as visitas, o dinheiro no banco, a correspondência e os manuscritos de Lacan. Todo mundo no meio já ouviu falar de Glória, mas Abdulaye para mim era uma surpresa. Mais tarde, de volta ao Brasil achei uma foto do casamento de Glória e Abdulaye com Lacan e Sylvie, que foram as testemunhas, década de 60. Lá estava ele, figura *"fière de soi même"*, como dizem os franceses. Abdulaye tem um porte, presença, um homem grande e ao mesmo tempo muito afável conosco.

Subimos um andar, escada estreita, como os elevadores de Paris instalados nos prédios antigos, de só dois lugares. Começa a visita e a conversa. O apartamento está no claro-escuro. Abajures acesos, mas ao mesmo tempo esse ar das coisas que já não têm mais circulação e que descansam em uma sombra atemporal.

Ali, naquele momento, entrando no apartamento, já se constituía a viagem própria, por onde o olhar de cada um é capturado, por onde ando. O impacto para mim navegava entre o ar de museu (mas que também não era de um museu glamoroso que, por vezes, se arma cuidadosamente) e o contraste com a imaginação da efervescência de uma época, de um contexto intelectual, de todo um tempo.

Apartamento grande, várias salas, poucos móveis, os livros nos armários cobertos por telas ah, isso era ruim pois tirava mesmo qualquer ilusão de movimento, pelo menos as estantes repletas de livros, o que sempre aquece. Quero entrar e mergulhar na experiência. Abdulaye conduzindo. Nos leva a cada ambiente e abre as cenas. Aqui a sala de entrada, essa outra é sala de espera quando as outras ficavam cheias. Os nós coloridos nas paredes, emoldurados, nós borromeus, as topologias com as quais Lacan se fez acompanhar manuseando a trama dos anéis que o permitiam pensar as estruturas. Isso não estava assim, ele explica, esses foram enquadrados depois da morte de Lacan, mas no geral "está quase tudo como Dr. Lacan deixou". Nos últimos tempos, Dr. Lacan praticamente não saía daqui, trabalhava, recebia os analisantes, preparava os seminários, fazia as refeições, cabeleireiro, barbeiro, alfaiate, todos. Vinha muita gente falar com ele, daqui, de fora, de longe. Muitas línguas.

A sensação do clássico com os sofás de veludo e franjas, do amplo, com as mesas e espaço, junto com o clima do antiquado. O verde dos panos meio sombrios, as cortinas daquela estética já de outro tempo. Sóbrio, nada de luxo. Comum e ao mesmo tempo ímpar, completamente especial. O que é a transferência...

"Quase tudo como Lacan deixou..."

Com uma ressalva importante: ao entrarmos no *cabinet* propriamente dito, fomos alertados – o divã, esse não. Não é o original, mas é uma réplica perfeita! (não guardei o destino do divã, parece que foi a leilão). E logo o divã não era o de verdade...

No *cabinet* vamos voltar e é onde se dá a cena da intimidade, mas não ainda. Tem uma outra sala que me siderou, quero chegar lá.

Abdulaye segue nos levando e falando de seu convívio com Lacan. Conta também de como se deram as polêmicas em torno da herança, como foi difícil preservar o consultório da ganância dos que só queriam dividir o dinheiro. Como uma piada, ele diz que o identificavam em algumas referências biográficas como tendo sido o motorista de Lacan. E é verdade que ele o conduzia. A piada é que Abdulaye levava Lacan no seu carrinho "*deux chevaux*" brincando, como se fosse um fusquinha, "se fosse motorista, imaginem se seria esse o carro do Dr. Lacan..." O que ele dizia era não ter nenhum problema em ser tomado pelo motorista, mas o fato é que também estudava psicanálise, acompanhava o ensino de Lacan, lia seus escritos e as transcrições de seus seminários. Nos conta de sua origem, nasceu no Congo, trabalhou na Unesco, era filósofo de formação. Conheceu Lacan em 1963, e depois do casamento com Glória teve por hábito levá-la ao consultório todos os dias, logo assumindo também os trajetos do doutor.

Nessa altura, chegamos à biblioteca que também servia como sala de espera, dependendo do movimento nas outras. Uma gravura sobre a mesa e um quadro na parede: *Eros e Psiquê*, em duas versões, dois estilos e uma mesma questão, o turbilhão do amor e do sexo.

O quadro, um esboço de André Masson, *Eros e Psiquê* em traços mínimos, fortes e loucos, imagem que me acompanhou por semanas. A lamparina, traçada em preto, quase um gesto, o óleo e a enorme gota de sangue atravessando o quadro em vermelho.

Busco a tela até hoje nos livros com suas pinturas surrealistas, mas desta nem sinal. Talvez um presente fora de catálogo para Lacan, que era seu cunhado.

A gravura deixada sobre a mesa faz o contraste, o clássico de Zucchi *"Psiche sorprende Amore"*.

Abdulaye falando e mostrando, e o tempo para mim nesta sala não sei se parou ou se expandiu.

Eros e Psiquê, a novela que vem dentro da novela. *Mise en abyme*. A visita ao consultório, a mistura de enigma, concentração e certa aura que passa por isso que nomeamos como transferência, em torno da qual gira toda a experiência.

Explorar, revelar, esconder. Por que tamanho impacto com o encontro?

Na gravura de Zucchi, em sua obra, *Psichê* com a lamparina de azeite ilumina o corpo do amante, Eros. Ele despertando em sobressalto. Psiquê na outra mão tem uma adaga. Flores sobre o corpo de Eros, cobrindo o sexo. Essa é a cena. A narrativa de Apuleyo inicia: "Essa história é de encantamento". Cheia de amores, ódios, ciúmes, poderes. Afrodite se enche de fúria porque uma mortal encontra a atenção e o desejo dos homens, deixando de frequentar seu templo. Pede a Eros, seu filho, que fleche Psichê, de forma a que ela se apaixone por um ser monstruoso. Mas Eros se enamora da jovem e não realiza a tarefa. O tempo passa e o rei, pai de Psiquê, consulta o Oráculo de Apolo para saber por que ela não encontra nenhum pretendente, uma vez que é uma princesa e belíssima. O Oráculo, induzido por Eros, faz crer que o destino da filha é o de ser levada ao alto de um rochedo para que o monstro ao qual ela está predestinada venha buscá-la. Lá, ela adormece e é transportada ao palácio onde Eros vai encontrá-la, e de quem se torna amante, acreditando estar casada com um monstro. A visita é sempre noturna, ele não se deixa ver ou reconhecer, se apresenta invisível, esse é o trato que sustenta os encontros amorosos e sexuais de grande prazer. Sobrevêm as intrigas. As irmãs de Psichê, com inveja, fazem com que ela acredite estar casada com uma serpente que a estava alimentando para depois devorá-la. E aconselham Psichê de ir à noite até o amante com uma lamparina e uma faca. Se ao

iluminá-lo vir a serpente, vai poder matá-la. E ela vai.
Ao ver Eros em sua beleza, se sobressalta e deixa cair da lamparina uma gota de azeite quente sobre ele. Eros, ferido, desperta e a sequência vai ser a do abandono. Psichê vai então experimentar o longo caminho do *pathos*, do sofrimento, antes de poder fazer o reencontro. Psiquê transgrediu a única proibição, olhar seu amante divino que vinha de noite e ia embora antes do amanhecer. Quem não transgrediria? Vê-lo implicaria a sua perda e a de todos os dons que a cercavam. Mas é a partir desse momento, de uma perda, que ela começa a viver. Viver sem que seja pela identificação com algum atributo que pareça de uma deusa, e nem do favor de um pacto que fique na dependência de algo insondável ou invisível como garantia de felicidade.
Tempo de uma perda.

No labirinto entre dois tempos nessa visita *chez* Lacan, certo de que se tem que perder algo para poder se situar. Isso de "quase tudo como Lacan deixou" coloca um caminho cheio de perigos para quem faz a visita. E se a gente for engolido pela serpente do fascínio de outro tempo? Pelo amor ao outro? Pela tentação de ficar fixado na areia movediça do museu?
E justo nesse lugar *entre* volto ao *cabinet* e Abdulaye chora, ali conosco.
Sem entender, na hora vou tentando reunir alguma razão por fragmentos, pode ter sido algo da forma como foi se dando a interação, ou o tempo acontecendo entre nós que foi se adensando, os comentários, o interesse, o fato de sermos de tão longe mas compartilhando tanto... Talvez as indagações que foram surgindo, as perguntas com as quais o cercamos de todos os lados, desde as mais sérias até as mais bobas, curiosas e bisbilhoteiras, como Lacan fazia isto ou aquilo, onde, de que maneira, com quem? Como aconteceu, como Lacan se viu com tal situação?
Saímos.
Com certeza, essa visita para nós não foi qualquer coisa. Saímos afetados.
Evidente, por algo da filiação, de nos situarmos como herdeiros,

também, de certa forma. Ao mesmo tempo, talvez, pelo retorno que nos vinha de nossas próprias perguntas, que de alguma forma desdobrava com certa exuberância esses recantos por onde passam os efeitos da transferência, os claro/escuros, algo dessa mistura de óleo fervendo, brilho e navalha.

Saímos para o café da esquina, ponto de encontro com o grupo das nove e meia, os que entraram antes. Nos interpelaram. Como demoraram! Claro, nosso encontro foi superespecial, muito mais do que com outros. Pois acreditem, Abdulaye conosco chorou.

Conosco também. Chorou mesmo. Como assim? Quando contou do final da vida de Lacan. Não acredito. Com vocês, conosco, e quase vinte anos da morte de Lacan se emociona ainda a cada grupo?

Onde estou?

No final das contas, não importa se é a cada dia, a cada turno ou a cada visita, cena ou/e verdade, sabemos do quanto isso tudo se conjuga.

O que conta é poder entrar, mas achar o ponto de separação, de saída. Talvez nós tenhamos acreditado desde a chegada, desde as primeiras fotos junto à árvore, que estávamos efetivamente *Chez* Lacan.

"Quase tudo como Lacan deixou..."

Não há como fugir dessa passagem pelo fascínio. Só aceitando se deixar tomar na ilusão é que podemos transpor para outros lugares, deixar cair o que se fixa para poder reencontrar movimento. Assim chegamos à porta do *5 rue de Lille* e entramos. Mas *Chez* Lacan, nunca fui. Tive uma experiência rara no espaço em que um dia e por sua vida Lacan trabalhou. Encontrei traços e marcas. Consultórios e suas salas, só mesmo aqueles por onde transitei, das análises que pude fazer (e lá não tiramos fotos), dos espaços de supervisão, e dos lugares onde hoje sigo a prática clínica. Transferências.

Chez Lacan só mesmo no deslizamento da língua, do que no francês o termo se abre, para além da casa, a obra. Com as ressonâncias, os perigos, os riscos, sem que precise ficar intacta.

MÁRIO CORSO é psicanalista. Autor, entre outros, de *Monstruário* (2002), *A história mais triste do mundo* (Prêmio Açorianos de literatura infantil 2015) e *O lacaniano de Passo Fundo* (2017). Conto publicado originalmente na revista *Norte*, em 2009

Mário Corso
O caso do Professor

Nós, psicanalistas, somos de poucas palavras sobre nossos pacientes. A discrição sobre as vidas envolvidas pede isso. Porém, a morte dos protagonistas envolvidos permite que eu possa contar uma experiência clínica ímpar. Um dos mais enigmáticos casos com que me deparei, que até hoje me faz pensar e que sigo sem respostas satisfatórias.

Quando conheci o Professor, era assim que todos o chamavam, ele já era considerado um caso perdido. Andara por diversas clínicas particulares sem nenhum progresso. Sua esposa e amigos seguiam insistindo, não aceitavam que um homem de seu porte, depois de tudo que realizara, não recobrasse a razão.

Veio parar no hospital público não pela falta de posses, mas pela esperança depositada num psiquiatra importante que trabalhava no local, que já tivera sucesso com vários casos crônicos. Dessa vez ele não conseguiu nada. Seguia apenas tentando medicar o paciente, que, nesse momento, se recusava a tomar medicação e mesmo a falar com ele.

Como estagiário de Psicologia, coube-me acompanhá-lo. Foi praticamente um acaso, consideravam que, mesmo sem esperanças, alguém deveria seguir tentando. Minha supervisora me incumbiu de atendê-lo diariamente. As instruções eram mínimas: tente qualquer coisa.

Nem ao menos tínhamos um quadro clínico definido. Cada instituição pela qual passara dizia uma coisa. Sua pasta com o histórico foi de grande ajuda, pois ele recusava-se a falar de si. Montei sua história a partir dos depoimentos dos outros profissionais. Tudo era atípico. Aos 63 anos, teve uma crise (que então já durava três anos), da qual ainda não tinha saído. Sua vida pregressa era exemplar: era um homem inteligente, sempre ativo, intelectualmente precoce, e dedicou à vida universitária seus melhores esforços.

Casou jovem, não teve filhos, mas, pelo que se sabia, era um relacionamento tradicional, estável e, ao menos aparentemente, feliz. Perdeu os pais na meia-idade e fez um luto considerado normal. A família pequena era compensada por um grande número de amigos e discípulos. Na vida profissional era curioso, andou por vários cursos e muito do que a UFRGS é hoje se deve a ele. Não foi reitor porque não quis. A burocracia o incomodava, preferia abrir novos cursos e seguir dando aula a ficar atrás duma mesa.

Portanto, era normal que o mundo não aceitasse sua retirada. Ainda mais que não havia desencadeantes visíveis para a crise. Ele não perdera ninguém recentemente, gozava de boa saúde, estava bem financeiramente, tinha o mesmo prestígio que sempre tivera. Por que adoecera repentinamente, de uma forma grave e sem avisos?

Catatonia, paranoia, esquizofrenia, psicose maníaco-depressiva, melancolia, todos esses rótulos ele já ganhara nas diversas instituições psiquiátricas em que passou. Quem sabe um pouco de clínica se dá conta do quanto os profissionais que lidavam com ele estavam perdidos, pois esses quadros não são próximos, são excludentes. Mas não se pode acusar ninguém. Por exemplo, numa das clínicas ficou um mês sem proferir palavra. Permanecia sentando, olhando para os cantos sem comunicar-se de forma alguma. Classificaram, e todos fariam o mesmo, como um quadro de catatonia. Em resumo: os prontuários pareciam não falar do mesmo paciente.

Na época, acreditava-se que o primeiro diagnóstico, de paranoia, era o que mais se aproximava, o único que poderia costurar um sentido. O Professor disse, quando de sua primeira internação, que uma descoberta científica aterradora tinha lhe paralisado, e que ele seria demasiado frágil para suportar tal revelação. Por mais que essa afirmação despertasse nossa curiosidade, ele não comunicava essa descoberta por ser algo que não deveríamos saber. Considerava que, com essa conduta, estaria nos protegendo. Isso explicava seu mutismo.

Um exame dos prontuários, além de certas informações que corriam em paralelo, nos fazia pensar que a primeira conduta que ele recebeu foi precipitada e inadequada, com péssimas consequências. O Professor, por ser muito inteligente, logo percebeu que tomavam sua fala por um delírio. Após isso, calou-se e desprezava a ajuda psiquiátrica.

Meu começo com ele não foi muito diferente. Cheguei, me apresentei, disse minhas intenções e o Professor riu. Riu muito, eu não sabia o que fazer, mas achava positivo, seu quadro era geralmente depressivo e ficava dias sem falar. Pouco depois ele explicou-se. Achava que as apostas nele já haviam chegado ao fim quando me escalaram para acompanhá-lo, pois eu seria o reserva do reserva. Além do mais, dizia que eu teria idade para ser seu neto. Ria de mim e de todos os profissionais que tentavam lhe ajudar. Passou a me chamar de o Reserva. Pelo menos começamos, e algum laço, ainda que de desqualificação, tinha se instalado. Riu ainda mais quando lhe disse que se não funcionasse comigo iriam levá-lo a um pai-de-santo – e esse sim seria o último recurso.

Apesar dum certo bom humor nas nossas conversas, o Professor era uma esfera. Eu não tinha como pegar nada, não falava de sua condição, mas pelo menos falava comigo.

Certa vez, lhe dei bom dia e ele me respondeu: "Como que alguém que já trabalhou com César Lattes em Berkeley pode estar se sentindo internado num hospício pulguento, tomando o pior café do mundo, conversando com um aspirante de psicólogo?" Senti uma entrada. Fiz um pequeno discurso sobre César Lattes, a sua fantástica descoberta e o não reconhecimento da comunidade científica internacional ao seu trabalho. Terminei com um "nos roubaram o Nobel" e que os cientistas nacionais não tinham o devido reconhecimento, que era muito duro fazer ciência na periferia do mundo.

A clínica também é feita de sorte. O que eu sabia de física era o que tinha aprendido com o meu irmão, que é físico, e seus amigos. Esse discurso sobre César Lattes eu já ouvira de vários deles. Eu sabia pouco de física, mas o suficiente para parecer que sabia mais de física, claro, desde que não me fizessem perguntas. E como eu estava lá para escutar... Eu saí na defesa dos cientistas não reconhecidos, mas na verdade em sua defesa, imaginava que seu narcisismo científico (essa era a tese da minha supervisora) pudesse estar abalado. Um homem da sua inteligência e projeção poderia estar sofrendo por sair da vida sem uma descoberta.

De alguma forma isso funcionou e ganhei certa confiança do Professor. Falei da minha passagem pela engenharia, antes da psicologia, e por isso saber sobre ciências exatas. Ganhei sua simpatia quando defendi que os saberes não deveriam estar afastados. Ele me dizia que o ensino especializado era o caminho para o empobrecimento da ciência. A partir dessas conversas, ele passou a me contar de sua formação, de aspectos da física, de matemática e sua admiração por Gauss, das últimas descobertas científicas. Confesso que não entendia tanto quanto sua sabedoria mereceria, acompanhava seu raciocínio na medida do possível. Esperando para recolher cacos de informações sobre sua vida que emergiam entre as últimas novidades do mundo subatômico.

O importante é que falava de si, pelo menos algumas coisas da vida acadêmica. Recriminava-se por não ter feito mais pesquisa, reclamou que a universidade não lhe apoiava, que os laboratórios são muito precários. Gostava de dar aulas, mas sentia que tinha poucos bons alunos.

Um dia lhe contei que lera os prontuários da sua primeira internação e perguntei qual era a descoberta que fizera, se poderia me contar um pouco dela, ou de por que ela lhe fizera sofrer tanto. Ele me mandou embora. Ficou dias sem permitir contato. Uma semana depois consentiu em me receber, disse que poderia me contar alguma coisa. Minha escuta respeitosa deve ter lhe feito alguma falta.

Começou dizendo que não era o que ele descobriu o problema, e sim que isso lhe permitia entender sua vida de outra maneira. "Revi a minha vida inteira e foi isso que me fez adoecer." Disse que finalmente entendeu seus pais, o que ele significava para eles e que isso era insuportável. "É muito difícil saber que nasci sem amor e que nunca signifiquei nada para eles, eu fui um estorvo na vida deles".

Perguntei como que alguém sem amor pode ter se dado tão bem na vida. Ele me disse que é possível, porque ele antes se acreditava amado. "Mas um dia vi tudo." Insisti no "vi", perguntei por que ele usava o verbo ver no sentido de entender.

Ele me explicou com uma metáfora que ajudava a entender sua compreensão das coisas: pediu-me para imaginar uma sociedade de cegos que, apesar disso, com muita inteligência e os outros sentidos, pudesse construir uma civilização, uma história. Como se as minhocas evoluíssem em tudo, menos na visão; mas um dia ocorresse que uma delas começasse a enxergar; tudo mudaria, ela seria diferente de todas, pois aquela minhoca veria o mundo em um plano acima. "É assim que me sinto, eu vejo acima das coisas, eu vejo o fluxo do mundo."

Claro que eu lhe perguntei sobre o "fluxo". Esse fluxo seria a série de causalidades que está em tudo. Nada seria por acaso, tudo teria um sentido, a questão é que nem todos conseguem ler esse sentido. "Quando somos supersticiosos, e escolhemos uma roupa e não a outra, colocamos primeiro um sapato e não o outro, na verdade, estamos intuindo uma compreensão maior que nos escapa, mas que sabemos que está aí. Os pequenos gestos estão conectados com as grandes coisas."

Ele fez uma preleção histórica sobre as maneiras de prever o futuro na antiguidade, as leituras em entranhas de animais sacrificados, o voo dos pássaros, as folhas de chá dispostas na xícara, e tantas outras. Dizia que eram intuições sobre o fluxo e que estavam na pista certa. Depois entrou na minha área e me perguntou o que todos acreditavam que era um sonho antes de Freud, uma incoerência sem sentido. Pois bem, depois dele é possível, de certa forma, decifrá-lo. Seria a mesma coisa.

Contou-me duma experiência singular que lhe deixou uma marca permanente e que o fez pensar na densidade do tempo e o ajudar a entender o fluxo. Envolvera-se uns dez anos atrás num grave acidente de automóvel. Não morreu por um detalhe. Quando estava derrapando no rumo certo a bater de frente em um caminhão, teve um insight da sua vida, como se visse ela toda numa contração. Pensou em repetir o fato sem a sensação de morte e entender a vida numa apreensão de um só tempo. Disse que consegue, mas "nem todos estamos preparados para ver isso. É uma pena que fiz uma descoberta que não tenho como levar adiante. Não por ela, mas ver a minha vida como ela realmente é me é insuportável, é uma tortura infinita. Eu me sinto muito mal o tempo todo, não tenho forças".

Disse também que, depois de entender, não dá para voltar atrás, tudo é relido de acordo com essa nova visão. Ele dizia que falava visão, mas que era uma lógica das causalidades, uma visão de mundo, uma maneira de perceber a ordem no caos aparente dos acontecimentos.

Tentei que esquecêssemos da teoria, que talvez eu nem fosse entendê-la, visto ele me dizer que era graças a um bocado de conhecimento matemático e físico que se poderia chegar lá. Mas que poderíamos nos concentrar em entender os seus pais. Ele me respondeu que tudo que ele queria era "desentender" seus pais, pois entendê-los lhe fizera muito mal. Insisti, disse que pior não ficaria. Então ele me contou duma infância sofrida, mas normal. Era filho único de pais europeus, fugidos da Segunda Guerra. Eram tristes por terem deixado lá suas famílias e posses, mas que se deram bem por aqui. Falava dum universo frio, de uma vida mecânica de funções, ele tinha um bom pai e uma boa mãe, mas era como se eles não estivessem ali. E assim eram um com o outro. Falava de seus pais como se tivesse sido criado por robôs exemplares. Muita atenção, muita disciplina, mas nenhum afeto. Quando ele entendeu o sentido do fluxo, a primeira coisa que lhe veio à cabeça foi o sem sentido de sua vida e do mundo, e o que ele representava para seus pais. Perguntei se o sem sentido da sua vida não poderia contaminar a percepção dos outros sentidos do mundo. Ele parou para pensar, mas nunca me respondeu.

Um dia, tentei mobilizá-lo pelos esforços que fazia sua esposa. Se os seus pais foram o que foram, ele poderia viver do presente, havia alguém lhe esperando em casa. Disse-me que eu estava enganado. Que escolhera uma mulher-geladeira tal como sua mãe, e que o que ela não suportava na sua doença era o fato de ele não estar lá fazendo seu papel de bom esposo. "Em casa eu já estaria melhor, mas é ela que insiste em me manter em hospícios. Eu não melhoro nada aqui, então por que não me deixam voltar para casa? Sabe por quê? É ela que não deixa, que quer que outros cuidem de mim, ela jamais cuidou."

Naquela semana me perguntou se eu estava feliz pelo que aconteceria ao país. Estávamos na véspera do encerramento do período militar, finalmente um civil voltaria à presidência. Eu disse que sim.

"*Pois bem* (disse ele), *te prepara, não vai ser assim, ele não vai assumir.*"

Fiquei surpreso, perguntei se haveria outro golpe militar. O Professor me disse que não, mas que lhe parecia que tudo apontava que Tancredo iria morrer. Perguntei se a teoria do fluxo permitia entender também o futuro. Não seria tão simples, mas ele poderia ver as direções predominantes e que era mais provável que ele não assumisse. Depois, se corrigiu e disse que era quase certo que não assumiria.

— Vão matá-lo?, perguntei.

— Não, morrerá num hospital, respondeu sem hesitar.

Brincando, lhe perguntei se ele saberia prever de que lado cairia uma moeda que tirei do bolso. Respondeu-me que seria muito difícil, afinal, era um evento isolado, que o fluxo era tão mais claro quanto mais fatores estivessem incluídos. "O fluxo é o contrário da ciência normal, quanto mais dados, mais fácil de prever para que lado as coisas se inclinam. Nos eventos de grande influência, que significam mudança para todos, todos participam de uma maneira minúscula, com pequenos gestos. O que acontece é a soma desses esforços múltiplos, mas que não são percebidos. Porém, se percebermos os pequenos gestos e examinarmos as tendências, aproximadamente saberemos do resultado final. Levamos séculos para entender que cada célula contém informações no seu DNA para deduzir o conjunto que ela forma, da mesma maneira, cada tijolo da história, cada momento histórico, contém informações sobre a totalidade do nosso destino."

Terminou falando de estatísticas e fórmulas matemáticas das quais eu não entendia quase nada. Arrematou com teoria quântica. Nunca me senti tão mal por ter estudado pouca matemática e física, não conseguia acompanhar o raciocínio, aquilo me fazia lógica, mas eu não entendia até o fim. Sugeriu-me que fizesse uma experiência, que eu não precisaria mais do que uma mesa de bilhar, foi assim que ele descobriu. Eu iria ver que a lógica das batidas das bolas estava tanto na força e direção como no momento. Ele diz que o bom jogador não é aquele que acerta, mas aquele que acerta no momento apropriado. A intuição que certos jogadores possuem, na verdade, seria fazer o lance no momento certo. Por isso a espera em dar o bote, seria preciso alinhar o golpe com a pulsação do momento. Outra vez me disse que, inconscientemente, nós percebemos o fluxo, que a intuição é isso. O tempo não é contínuo, ele pulsa, e existem pulsos dentro de pulsos. Nosso erro é perceber o tempo mecanicamente, como os relógios, e não como ele é. Quem não percebe a pulsação pode fazer tudo certo, mas no momento errado, e o resultado é que não dá certo. O fato é que nós agimos no mundo como um surfista que quisesse pegar a onda não quando ela vem, mas a qualquer momento, portanto, não esperando o momento oportuno. Quando dá certo, é por acaso ou por intuição.

Na hora não dei muita importância para a previsão, aliás, em nenhum momento pensei que fosse, estava centrado na lógica do pensamento do Professor. Porém, durante os dias que se seguiram, enquanto o país estava pendente da agonia de Tancredo Neves, essa causalidade ou previsão me assombrou. Tinha absoluta certeza que ele me falara muito antes de qualquer informação sobre a saúde do futuro presidente.

Não sabia como contar à minha supervisora essa coincidência, ou sei lá como chamá-la. Comecei a falar de leve, pelas bordas. Ela ficou contente, disse que o material nos inclinava a pensar o caso como uma paranoia. Finalmente, teríamos pelo menos um diagnóstico confiável. Porém, ela considerava que a inteligência e a cultura extraordinárias do Professor turvavam minha compreensão. Seu conselho foi que eu não me intimidasse, que no meu lugar ela também seria levada pela contratransferência, e que seguisse conversando com ele sobre o seu delírio. Disse que ele não previu nada, que estava falando de seu medo de morrer num hospital, até porque ele estava num hospital, e que o ego dele era exagerado, como para se identificar com o presidente. Não consegui dizer que eu mesmo estava em dúvida quanto ao caráter desse delírio. Tampouco houve abertura, ela não quis nem saber quando tentei explicar com Jung, evocando a sua teoria da sincronicidade. Aliás, seria um avanço nessa teoria.

Fiquei sem respostas. O tratamento foi interrompido por uma crise de vesícula. O Professor foi resgatado do hospital psiquiátrico com pompa e circunstância e levado para o hospital universitário. Finalmente, a medicina sabia o que fazer e sentia-se em condições de dar-lhe um tratamento à altura do que ele significava.

A doença melhorou sua saúde mental. Falava atenciosamente com as inúmeras visitas, estava outra pessoa. Por azar ou por sorte, julguem vocês, ele permaneceu doente muito anos, praticamente até sua morte. Aproveitando que estava no hospital, fizeram os exames de rotina e descobriram um princípio de câncer no intestino. Apesar do bom prognóstico inicial, ele lutou contra esse câncer por vários anos. Passava longos períodos no hospital e outros em casa, recuperando-se das inúmeras cirurgias. Mas nunca voltou para uma internação psiquiátrica, pelo que eu soube, tampouco a depressão e o mutismo o tomaram de forma avassaladora como antes.

Como ocorre em inúmeros casos, a doença pode dar sentido para a existência. A vida durante a doença é brigar contra a morte e muitas pessoas estão lutando ao lado do paciente. Isso pode ser um inferno para a maioria, mas pode funcionar como um descanso para uma personalidade melancólica. Nesses casos, pode ocorrer uma transformação da paranoia em hipocondria. O inimigo já não está do lado de fora, mas dentro do corpo, agora tem um nome e todos entendem e reconhecem seu sofrimento.

Voltei a ver o Professor poucas vezes e nunca mais a sós. Minha pouca idade e experiência me impediam de ser levado a sério. A esposa não me conhecia, até percebia o afeto mútuo que tínhamos, mas não reconhecia minha vontade terapêutica. Eu fazia parte dos que erraram com seu marido. Minha supervisora tentou um contato com o hospital e eles foram refratários e nos acusaram de, talvez, termos deixado passar um caso de psicose tóxica. Ela ironizou perguntando se eles iriam escrever um *paper* contando sobre o incrível caso de psicose tóxica de três anos e meio com os rins e fígados perfeitos (nós tínhamos a ficha médica em dia). Mas nada conseguiu. De qualquer forma, hoje me culpo por não ter insistido mais.

Mas não escrevo essas linhas para iluminar um caso obscuro, creio que não consigo avançar no entendimento. Escrevo para tornar nulo meu entendimento anterior. Aconselhado por minha supervisora, e pelo psiquiatra responsável pelo paciente, apresentei esse caso à equipe numa reunião científica. O objetivo de ambos era tanto me parabenizar, gostaram da condução do caso e do vínculo que eu consegui onde tantos falharam, como dar o caso por encerrado, com o diagnóstico de paranoia.

Na época, não consegui me opor. Existe um relato desse caso no Hospital Psiquiátrico São Pedro, numa divisão que já nem mais existe; de qualquer modo, deve estar no arquivo central. Pois não reconheço mais esse documento assinado por mim. Sinceramente, não sei se era uma paranoia. Talvez, mas minha consciência pede que a dúvida permaneça até que tenhamos avançado mais no entendimento das doenças mentais. Certos diagnósticos são dados mais para o nosso conforto do que realmente refletem uma compreensão do que ocorreu. Meus superiores queriam transformar nossa derrota em sucesso, pois teríamos "resolvido" o caso. Creio que ajudei a incorrer nesse erro e menosprezei suas palavras e sua teoria. Peço desculpas póstumas, ainda que inócuas, ao estimado Professor. Deixo o diagnóstico em aberto. Talvez, algum dia, alguém nos explique o que é o fluxo.